7デイズ・ミッション

日韓特命捜査

五十嵐貴久

PHP
文芸文庫

○本表紙デザイン＋ロゴ＝川上成夫

7デイズ・ミッション――日韓特命捜査✹目次

Chapter 1 死体

1

隅田(すみだ)公園の桜は四分咲きだった。今田良幸(いまだよしゆき)は缶ビールのプルトップを開けながら、さすがさくら名所百選、とつぶやいた。公園内には四百本近い桜があると聞いていたが、確かに美しかった。

だが、そんなことはどうでもよかった。もう五缶目だ。いいかげん酔っ払ってきていた。

朦朧(もうろう)としながら、スマホで時間を確かめた。朝五時半。馬鹿馬鹿しくなって、一気に半分ほど飲みながら、これも役目だ、と苦笑した。

今田は私立聖楓(せいふう)大学の二年生だ。入っているテニスサークルの恒例行事〝大花見大会〟のため、場所取りを命じられた。上級生の命令は絶対だ。

夜明け前、隅田公園まで来た。ブルーシートを三枚敷いて寝っ転がりながらビールを飲んでいたが、退屈だった。

聖楓大学はJR御茶ノ水駅から徒歩十分ほどの場所にある。なぜ墨田区の公園で花見をすることになったかは知らない。もう二十年以上前からの慣習だと聞いていた。

今田が場所取り要員に選ばれたのは、たまたま実家が墨田区内にあったからだ。ついてない、と舌打ちした。

二年生は辛い。早く一年が入ってこないか。それまでは我慢するしかない。俺たちの代はいまいちだったが、今年は可愛い子が入部するといいのだが。

もう一度、時間を確かめた。五分しか経っていない。寝たかったが、油断しているとブルーシートを剝がされて、場所を横取りされるかもしれない。

OBも花見に来る。七、八十人にはなるだろう。スペースが確保できなかったら、どれだけ怒られるかわからなかった。

五缶目を空けて、六缶目に手が伸びたところで、何かが喉の奥で蠢いた。マズい、と左右を見た。

食道の辺りが異様な音を立てている。ヤバ、と立ち上がった。

口に手を当てて塞いだが、それでは押さえ切れないものが込み上げてくる。ブルーシートの上に吐いたら、先輩たちに総掛かりでボコられるだろう。

必死の形相で堪えながら、隅田川へ走った。川があってよかった。吐いても、誰も怒らないだろう。

最短距離でダッシュしたが、舗装された川べりに身を隠してくれる場所はなかった。さすがに憚られるものがあり、上流に向かった。公園の管理人に見られたら、何を言われるかわからない。

川沿いに草が並んで生えている場所を見つけ、近寄った。ここなら大丈夫だ。背の高い草が姿を隠してくれるだろう。

吐き気を我慢しながら、念のために辺りを見回した。誰もいないことを確認する。発射準備完了。

視線が止まった。川に浮いているあれは何だ？

水草に引っ掛かって動かないが、単なるゴミではない。なぜなら服を着ているからだ。だが、動かないのはなぜだろう。

風が吹いて、水面が揺らいだ。水草が動く。突き出ている指が見えた。オモチャでもマネキンでもない。間違いなく人間だ。本物の指。

今田の口から、凄まじい勢いで黄色い液体が噴出した。

2

背広を着た二人の男が鋭い目で川を見つめていた。周囲で数人の制服警察官が動き回っている。背の低い方の男が携帯電話を取り出し、大声で話し始めた。

「発見された水死体なんですが、男性、五十代。身長百七十センチ、体重八十キロ前後。まだ川から上げたばかりなんで、はっきりしたことは言えませんが、外傷はないようです。いや、わからんです。とりあえず顔はきれいなように見えますが。発見者の大学生から事情を聴いてますけど、何もわかっていないようです。ドクターの所見だと溺死ってことなんですが。事故かって言われても、そこは何とも……自殺かもしれないですし、他殺の可能性もあります。それはすぐわかるでしょうけど」

所持品、と背の高い方の男が囁いた。財布とパスポートを持ってました、と電話を持ち替えながら背の低い男が言った。

「日本人じゃないようです。韓国人のようですね。名前？　パスポートにはミンスクとローマ字で書いてあるんですけど、そう読むのかな？　いや、すぐ確認します。何かわかり次第、また連絡します。はい、どうも」

係長、何だって？　と背の高い男が言った。死因を調べろだとさ、と電話をポケットにしまいながら背の低い男が答えた。

「とにかく付近を封鎖しないと。参ったぜ、どうしてこっちに流れ着いたんだ？　向こう岸だったら、浅草署の管轄だったのに」

そう言うな、と背の高い男が苦笑した。制服の警察官がロープを張っている。面倒なことにならなきゃいいんだが、と二人が揃ってため息をついた。

3

秘書の女が分厚い樫の木のドアをノックした。室内からの咳払いが合図だったらしい。秘書がドアを開けて、どうぞ、と手を差し出し室内へと促した。

ソン・ジヒョンは小さくうなずいて入室した。背後でドアが閉まった。

「天気が悪いな」

パク・ガンホ治安監が窓から外を見ながらつぶやいた。ソウルの街に小雨が降り注いでいる。眼下の道路は車で渋滞していた。

ソウル特別市地方警察庁舎七階、治安監執務室。景福宮駅がすぐ近くに見えた。

「座りたまえ、ソン警衛」

パク治安監がソファを指さし、自分も座った。失礼します、と会釈してジヒョンは向かいに腰を下ろした。

「さっそくだが、君に話がある」制服姿のパクがシガレットケースから煙草を抜き出してくわえた。「四日前、ドン・インチェルの死体が発見された。日本でだ」

「日本？」

視線をパクに向けたまま、ジヒョンは言った。自分の表情が強ばっているのがわかった。

「それはいったい……」

「まず話を聞け。日本の警視庁から送られてきたものだが……見たまえ」

パクが数枚の写真をテーブルに並べた。目を閉じた男の上半身が写っている。間違いないか、と声がした。確かに、とジヒョンはうなずいた。

「インチェル本人です」

「こっちは死体が所持していたパスポートのコピーだ」Ａ４サイズの紙をパクが広げた。「精巧だが、偽造パスポートだ。現物はトーキョーにある。韓国大使館の人間が確認した。間違いない」

「イ・ミンスクと名前があります」

「当然、偽名だ。イ・ミンスクを名乗ったインチェルは、このパスポートを使って日本に入国している。二年間で五回だ。知っての通り、奴には逮捕状が出ている。本名では出国できん」偽名ぐらい使うだろうさ、とパクが苦笑した。「他にも偽造パスポートを所持していた可能性がある。もっと頻繁に日本へ渡っていたかもしれん」

「何のためでしょうか」

「話には続きがある。インチェルの水死体が発見されたのは、トーキョーのスミダ川（ガン）だ。四日前、四月五日のことだ」

「他殺ですか?」

ジヒョンの切れ長の目がゆっくり動いた。警視庁が死因を調べた、とパクが言った。

「死因は溺死だ。血液中から高濃度のアルコールが検出されている。外傷などはない。ワイシャツとズボン姿だったが、争った様子がないことから、酒に酔って川に転落し、そのまま溺死した可能性が高いと彼らは考えている。つまり事故死だな」

そんな馬鹿な、とジヒョンは吐き捨てた。

「インチェルが川に落ちた? あり得ませんよ。日本警察の判断など、信じられません」

落ち着け、と言いながら、パクがライターを取り出した。

「君は認めないかもしれんが、警視庁は優秀だ。事故死の公算が大きいのは、私もそう思う。彼らも断定はしていない。可能性が高いと言っているだけだ」

「ですが……」

「言うまでもないが、ドン・インチェルは公衆の敵ナンバーワンだ」パブリック・エネミー、と煙草に火をつけながらパクが言った。「別名、漢江（ハンガン）の麻薬王。覚醒剤（かくせいざい）

の密輸入に始まり、今では韓国はもちろん、中国と北朝鮮に麻薬製造工場を建設し、韓国に麻薬を大量に流している。最低最悪最凶の犯罪者だ」

「わかっています」

「釜山（プサン）出身、京畿道（キヨンギド）で活動していたチョウハンセン組から独立し、インロウオン組を結成、現在に至っている」

目をつぶったまま、パクが煙を吐いた。犯罪者の履歴（りれき）は頭の中に入っているのだろう。

ソウル地方警察庁の人間データベースと呼ばれているエリートで、アメリカへの留学経験もあった。ただ、インチェルに関してはジヒョンの方が詳しかった。

「ですが、治安監のおっしゃったことには、ひとつだけ違っていることがあります。インチェルは犯罪者ではありません。インロウオン組を結成したのは事実ですが、政治結社だと主張しています。また、結成一年後には引退を表明しています」

「そんなことはわかってる。それは表向きのことだ」パクが苦い表情を浮かべた。

「事実上、組の実権を握っているのはあの男だ。現組長が奴の指示で動いているのを知らない警察関係者はいない」

「ですが、法的な意味で犯罪者ではありません。前科すらないんです」

奴ほど汚いカンペ（ヤクザ）はいない、とパクが舌打ちした。

「三十年、暴力の世界で生きてきた。にもかかわらず逮捕歴はない。去年までは堂々と表を歩いていたんだ。三十年だぞ？　そんなカンペは聞いたことがない」

そういう男です、とジヒョンは唇を噛んだ。過去、韓国警察はインロウオン組を何度も解散寸前まで追い込んでいる。インロウオン組はあらゆる犯罪に関係していたため、摘発自体に困難はなかった。

だが、逮捕されるのは末端の組員、せいぜい幹部止まりだ。七年前、当時の組長を恐喝の容疑で逮捕したが、証拠不十分で釈放せざるを得なくなった。結局その組長は引退したが、組そのものは潰れずに、残党の幹部たちが再興している。

すべてはインチェルが裏で糸を引いていることもわかっていたが、どうすることもできなかった。結局、インチェルを逮捕しなければ、いくら尻尾を切ったところでまた生えてくるのだ。

だが、インチェルに手は届かなかった。表向き、組とはまったくの無関係だ。逮捕どころか事情聴取さえできないまま、今日に至っている。

「ですが、インチェルがインロウオン組の犯罪を指揮しているのは絶対です」ジヒョンはテーブルを叩いた。「あらゆる暴力行為、詐欺、麻薬、売春や企業への恐喝、殺人まで含まれますが、すべてインチェルの命令によるものです」

「わかっている。だが証拠がない」パクが灰皿に煙草を押し付けた。「奴は指示するだけだ。現場へ行くこともない。アリバイはいつでも完璧だ。三十年、奴は鉄の戒律を敷いていた。沈黙の掟を作り、組員を服従させてきた。少しでも裏切る可能性があれば容赦なく殺した。恐怖政治だな。だから組員も裏切らない。何人逮捕されても、インチェルに警察の手は及ばない。奴が大手を振って歩けたのは、組を完全に支配していたからだ」

去年まではそうでした、とジヒョンが微笑んだ。

「一年前、ようやくインチェルの殺人教唆を証言する組員が現れました。三十年ですからね。インチェルを裏切ってでも、保身に回る者も出てくるでしょう」

「そうだな。ようやく逮捕状を取ることができた。だが、奴は馬鹿じゃない。察して地下に潜伏した。この一年、完全に姿を消していたのだが――」

「四年間、あの男を追いかけてきました」ジヒョンは肩まである髪を揺らした。

「それなのに、日本で死体が発見された？　どういうことなんですか？」

そこはまだわからん、とパクが横を向いた。治安監、とジヒョンはテーブルの写真に目をやった。

「わからないことはまだあります。そもそも、どうしてこの写真の男がドン・インチェルだと、日本の警視庁にわかったんですか」

「彼らはパスポートを調べ、偽物だと気づいた。そんな物を使うのは犯罪者に決まっている。何かあると考えて、洗い出しを始めた。その過程で歯型を採取、歯科医に照会したところ、通院していた病院を突き止めたんだ。パスポート写真だけでは無理だったろうが、病院の監視カメラから鮮明な画像を見つけた。それで韓国警察に連絡があり、イ・ミンスクを名乗っているこの男が、我々が追っていた公衆の敵ドン・インチェルだと判明したんだ」

「日本に渡っていた理由は？」

「不明だから君を呼んだ。以下は命令だ。ソン・ジヒョン警衛、至急日本へ行ってもらいたい」

「日本へ？」

ジヒョンの目が揺らいだ。至急だ、とパクが繰り返した。

「外務省には通達済みだ。日本の内閣府、国家公安委員会、東京都にも話を通し、了解を得ている。彼らと共に、なぜインチェルが日本に何度も渡っていたのか、日本で何をしていたのかを調べろ」

「日本警察に協力しろということですか？」

建前としてはそうだ、とパクが大きな頭を振った。

「もちろん、インチェルの行動についての調査はしてもらわなければならん。だが、こっちはこっちで別に考えがある。まだインチェルについて、本当に事故死なのかどうかわかっていない。死因が溺死だというのは事実だろうが、殺害された可能性もある。もし殺人なら、その犯人を見つけて逮捕しろ」

「もちろんです。しかし——」

「命令はまだ終わっていない」パクの鋭い声が響いた。「私を含め、上層部の解釈はこうだ。インチェルは韓国内での行動を封じられていた。見つかれば逮捕されたんだ。表には出られんよ。だから日本に渡り、あの国に麻薬流通ルートを作ろうとしていたのではないか」

「考えられますが……」

「実際問題として、韓国内での麻薬ビジネスは限界に来ていた。過剰供給になっていたのはわかってるな？　これ以上手を広げるのはリスクが高過ぎるし、利益も出ない。インチェルは計算高い男だ。それぐらい百も承知だっただろう。そうであれば海外に別ルートを作るしかないが、一番手っ取り早いのは日本だ。そんなのは子供にだってわかる」

「はい」

「とはいえ、韓国人のインチェルが単独で日本に渡っても、そんな商売はできない。協力者がいたはずだ。在日のコリアンマフィアか、日本の暴力団なのか、あるいは他の何者か、それをはっきりさせたい。奴が死んでしまった今、我々の最大の目的は、日本でインチェルのパートナー役を務めていた人間の逮捕だ」

「パートナー？」

「韓国人は血縁を大事にする。インチェルと関係の深い人物が日本に住んでいたことは間違いない。血縁者ではないかと我々は考えている。もしくはインチェルの配下にいた組員か……いずれにせよ、その人物が日本で麻薬流通ルートを構築するのに重要な役割を果たしていたはずだ」

「そうでしょう」

「その人物は日本だけでなく、韓国内のルートについても把握しているだろう。インチェルの片腕的存在なのだから、当然そうなる。何としてでもそいつを逮捕しろ。我々の狙いは、韓国内におけるインチェル・ルートの摘発と壊滅だ。可能ならインロウオン組の組員を全員逮捕する。組を潰すんだ。今回の件は最大の、そして最後のチャンスなのだ」

「目的はわかりますが——」

「君はソウル特攻隊KNP８６８の隊員として、この四年間インチェルとインロウオン組の捜査を専任で担当していた。インチェルの殺人教唆について、証人を発見したのも君だし、誰よりも奴について詳しい。君の兄の不幸な死については、我々もよくわかっている。事故だが、インチェルに殺されたも同然だ」

「兄の死は私事です。関係ありません」

ジヒョンは唇を強く嚙んだ。兄が死んだのは七年前だ。車を運転していて、そのまま踏み切りに突っ込んでいった。

死体からは麻薬の成分が検出された。後の調べで、インロウオン組が関与していたことが判明したが、犯人は今日に至るまで逮捕されていない。裏でインチェルが糸を引いていたのは明らかだが、捜査すらできなかった。

誰からも愛され、慕われていた兄。家族の自慢だった。兵役を終え、念願だった教師になった。輝かしい未来が待っていたはずだったのだ。

ジヒョンが警察官になったのは、兄の仇を討つためだ。絶対にインチェルを逮捕すると固く誓っていた。

「わかってる。だが、怒りはあるだろう」

悪いとは言っていない、とパクが肩に手を置いた。

「インチェルを自分の手で捕まえたかったはずだ。今となってはもう無理な話だが、インチェルの組織を壊滅させることはできる。君が適任だ。日本へ行きたまえ」

「待ってください」ジヒョンは首を振った。「行きたくありません。その理由はご存じのはずです」

「……ソン・ギョウン大佐」パクが口元を歪(ゆが)めた。「君の祖父は韓日併合の期間に、日本兵に殺されていたな」

「わたしの家族は日本人を恨(うら)んでいます」ジヒョンがうなずいた。「父も母も妹も。もちろんわたしもです。日本と日本人が嫌いです。行きたくありません」

「だが、日本語を話せる」

「話せるといっても、片言に近いレベルに過ぎません」ジヒョンは額に手を当てた。「五年前、大統領警護チームに編入された時、日本語を学ぶよう命令されて覚えただけです。あの頃は多少会話もできましたが、今はほとんど覚えていません」

「そんなことはないだろう。先日のＫＮＰ内でのテストでは、君が最高点だった。日常会話なら不自由はないとわかっている」パクが新しい煙草に火をつけた。「他にも多少話せる者はいるが、君ほどではない」

「ですが――」

煙草を一本灰にするまで、パクは無言でいた。ジヒョンの顔を見つめ、やむを得んなとつぶやいた。

「……これは大統領の内意なのだ」

「チャオ大統領の？」

そうだ、とパクがうなずいた。

「大統領の政治的姿勢はわかっているはずだ。職業に関係なく、性差による差別をなくしていきたいと考えている。国民幸福十大公約の三番目に挙げているほどだ。君と大統領の関係は、我々もよく知っている。大統領警護チームに在籍していた時、親しくなったな？　そして君がオリンピック候補選手に選ばれてからは、より親交が深くなった」

ジヒョンは、リオ・オリンピックに向けて韓国オリンピック委員会が三年前に選出した強化選手の一人だった。エアライフル及びエアピストル部門で選ばれたが、大学時代から国内で最も優秀な射撃技術を持つ選手の一人であり、現在も勤務の傍ら、週に五回トレーニングを続けている。

警察に入ったのは、射撃の腕を評価されたためもあった。どこの国でもそうだが、オリンピックの射撃部門の選手は警察官が少なくない。韓国国民期待のメダル候補だった。

「しかもテコンドー四段、ソウル大学を首席卒業、父上は警察幹部だった。大統領が君を評価するのは当然だし、我々も同じだ。君はエリートで、これからの韓国警察を担っていく人材なのだ」

「そんなことはありません。それに、だからといって日本で何ができるというものでも……」

個人的な意見は却下する、とパクが目を細くした。

「君しかいないと自分でもわかってるはずだ。インチェルと彼の犯罪に通暁している。日本語を話せる。能力も高い。そんな警察官が他にいると？ 日本語をまったく理解しない警察官を派遣してどうなると思う？ 捜査会議にさえ参加できない。通訳をくっつけて動けると思うか？ 今回の任務は君以外には不可能なのだ」

ジヒョンは右の手のひらを頬に当てた。反駁できない。パクの論理には一分の隙もなかった。大統領まで関与している以上、断ることはできないだろう。

「……ただし、日本の警察機関にこちらの情報をすべて教える必要はない」パクの顔から表情が消えた。「インチェル・ルートの壊滅が目的だが、仮に奴が殺されていたということになれば、犯人が韓国人であれ日本人であれ、我々が逮捕しなければならない。韓国人を殺した者は韓国人が裁く。それを忘れるな」

「当然です」

うなずいて立ち上がった。行け、とパクが人差し指を振った。

「詳しくは警務部長と話せ。早ければ今夜中、遅くても明日の午前便で日本に行ってもらうことになる。頼んだぞ。これは君に与えられた特命だ」

忠誠、と直立不動でジヒョンは敬礼した。忠誠、とだけ言ってパクが背を向けた。

4

後藤陽平（ごとうようへい）は、愛車のランドクルーザーで東関東自動車道を千葉方面に走っていた。ランドクルーザーといっても一九九八年に発売された１００系で、最新型ではない。

十五年以上前の中古車だが、デザインは歴代で最も美しいとされている。モデルチェンジがあっても買い替えず、そして排ガス規制さえもクリアしてきたのは陽平のこだわりだった。

四月十日、午前十一時。天気は快晴だった。佐倉（さくら）を通過したのは五分ほど前だ。成田空港にはあと三十分もかからずに着くだろう。

渋滞にはまって多少遅れていたが、問題はない。韓国からの客が乗っている大韓航空機は十一時二十分着の予定だったから、むしろちょうどいいぐらいだ。車に後付けしたｉＰｏｄから流れてくるＪ－ＰＯＰに合わせてハミングした。

ロングドライブは久しぶりだった。仕事とはいえ、気分は上々だ。

忙（いそが）しいわけではなかったが、警視庁組織犯罪対策部に異動した半年前から、ドライブどころではない気がして、ほとんど乗っていなかった。

車は大学の頃からの趣味だ。ランドクルーザーのエンジンが苦しそうに呻（うめ）いているのが気になったが、どうにかなるだろう。

陽平は今年三十歳になる警察官だ。採用試験に受かり、二年の交番勤務を経て警視庁勤務を命じられた。

同期からはスピード出世と言われた。警察組織上はその通りかもしれない。総務部配属でなければの話だが。

警察官を志望したのは、多くの者がそうであるように、市民の安全を護りたいと考えていたからだ。正義漢ぶるわけではないが、世の中の役に立ちたいという思いがあるのは本当だった。

もっと単純に、小さい頃テレビで見ていた刑事ドラマに憧れてということもあったが、真剣に警察官を志していたつもりだ。

交番勤務の頃はあまり深く考えていなかった。イメージとして、いずれは所轄の私服刑事になり、うまくいけば三十歳前後に警視庁から引っ張られるのではないか、と漠然と予想していた。

だが、警視庁から名指しで呼ばれたのは二十五歳の時だった。何の手柄を立てたわけでもない。訳がわからなかったが、総務部配属と聞かされて納得した。警察官としての能力を評価されたわけではなかったのだ。

言われてみれば、警視庁には総務も経理もある。なかったら組織として動けないだろう。希望とは違ったが、警視庁勤務は全警察官の憧れだ。地方公務員だから、そういう異動もあるだろうと思い、総務部での勤務を受け入れた。刑事部に移りたいという希望は、機会があるたびに言い続けた。だが、幸か不幸か総務マンとして優秀だったため、上司たちは手放してくれなかった。特に、配属された一年後に命じられた刑事部屋など各部署のレイアウト配置の仕事は、大学で建築を学んでいたこともあり、高く評価されていた。

警察官というと怖いイメージがあるが、結局のところ地方公務員だから性格に問題があるような人間はめったにいない。ましてや総務マンともなれば、役所に勤める人たちと変わらない。

むしろ、優しい者の方が多かった。おまけに女性職員も多い。居心地(いごこち)は良かった。

どんな会社でもそうだが、異動したいなどと言っていると嫌われる。それもあって、この二年ほどは黙っていたが、いきなり異動の辞令が下りたのは半年ほど前のことだった。

組織犯罪対策部へ行けと命じられて、少し焦(あせ)った。組織改編の前は捜査四課、つまり暴力団担当の部署だったのだ。

自分に務まるだろうか。強面(こわもて)の刑事たちがたむろする部署だという印象があった。

だが詳しく聞くと、部内に新設された海外麻薬取締課への異動だとわかった。十年ほど前にできた新しい部署で、日本国内で起きている外国人による麻薬関係の犯罪を取り締まることがメインの任務だ。特に、麻薬流通ルートを重点的に捜査することになっていた。

一係から順番にアメリカ、中国、ロシア、メキシコなどの国が並んでいるが、命じられたのは八つある係の中でも最後の八係だった。以前は七係までしかなかったのだが、五年前に追加して作られたばかりで、捜査対象は韓国人犯罪者、つまりコリアンマフィアだ。

マフィアという名前こそついているが、その勢力は他の外国人犯罪組織と比較すると遥(はる)かに小さい。従って、八係に所属する刑事たちの数も少ない。

そして、ほとんどの場合、コリアンマフィアの活動は法律の範囲内だということもわかっていた。つまり、最も問題の少ない部署なのだ。

陽平としては最終的に刑事部、できれば捜査一課の刑事になりたいという思いがあった。多くの警察官がそうであるように、やはり警視庁捜査一課というブランドに憧れがある。

海外麻薬取締課というのは、一般人だとほとんど知らないだろうし、主流の部署とは言えない。不満はあったが、捜査畑の欠員はそこしかないと上司に諭（さと）された。総務よりは捜査一課に近い。経験も必要なはずだし、いきなり一課というのでは荷が重いということで、今回の異動が決まったと言われれば仕方なかった。一応は刑事だ。一歩前進、ということになるのだろう。二カ月前、八係の刑事が事故で死亡していたが、その補充要員だと聞かされた。突然の異動はよくあることだ。命じられるまま、去年の十月に八係へ移った。

異動して改めてわかったことだが、八係は窓際的な部署だった。そもそもコリアンマフィアの活動範囲は限られている。コリアンタウンとして有名な新大久保、赤坂などを含め、都内数カ所に過ぎない。

人数自体少数だし、危険なシノギをしている者もほとんどいない。もちろん暴力事件や売春など犯罪はあるから、それは取り締まらなければならないが、事件の数は他の係と比較して圧倒的に少なかった。

八係長の有坂保（ありさかたもつ）以下、七人のメンバーは、市役所の窓口業務を担当している職員同様、九時五時の勤務時間を遵守（じゅんしゅ）していた。それで事足りているのだから、平和な部署と言えるだろう。

のんびりした雰囲気は陽平にも合っていた。上というのはよく見ているもので、陽平でも務まる部署を選んでくれたということなのだろう。

十月一日、異動の挨拶に行くと、有坂係長が満面に笑みを浮かべながら迎えてくれた。他のメンバーも同じだ。

捜査畑は初めてなので不安を口にすると、自分たちがフォローするから安心しろと肩を叩かれた。警視庁四万数千人の警察官の中で、最も優しい人間たちが集まっているのではないかと思えるほどだった。

ひとつには、有坂係長の人柄もあるのだろう。ノンキャリアの叩き上げで、五十歳になる苦労人だ。

仏のアリさん、と他部署の人間からは呼ばれている。人情家としか言いようのないキャラクターだった。

簡単に仕事の内容を説明された上で、ゆっくり慣れていけばいいと内勤を命じられた。デスクワークだ。

どんな部署でも最初から最前線で働けと言われることはないが、特に警視庁ではその傾向が強い。人員に余裕があるためだろう。

陽平が総務部からの異動だということは、もちろんわかっている。焦ることはないというのは、上司として当然の配慮だった。

陽平だけではなく、他の刑事たちに対しても有坂係長が優しい男だというのは、少し見ていればわかった。甘やかしているということではなく、体調や精神面にまで気を配っている。週に一、二度部署内で飲み会を開くが、それも有坂の自腹のようだ。

閑職なのは確かだが、それを意識させないようにしている。統率力のある上司と言えるだろう。

部下たちも、有坂を慕っているのがよくわかった。陽平の指導係を務める野島という四十代の巡査部長をはじめ、同年齢の吉岡巡査たちも、自分たちは有坂一家だからというニュアンスの発言をしていたが、そういうことなのかもしれなかった。

人間関係にはすぐ慣れた。いい人ばかりだった。部署によっては、対人関係のストレスで疲弊してしまう場合もある。捜査一課に行きたいという希望はあったが、これはこれでよかったと思っていた。

異動して半年が経った。いつまでもデスクワークというのはどうなのかと思い、現場へ出たいと伝えているが、まだ早いだろうというのが有坂の答えだった。

刑事という職業には特殊な面がある。危険な場合があるのも事実だ。

総務という捜査とまったく関係のない部署にいた陽平を現場に出すのは抵抗があるだろうし、場合によっては邪魔になることもあり得る。

とはいえ、いずれは刑事として第一線に出なければならなくなるはずだった。このままでは、いつまで経っても経験を積むことができない。

ようやく先月から、アシスタント的な役割で野島の下について、簡単な事情聴取などに立ち会わせてもらえるようになった。いきなり犯人を逮捕するようなことはできないとわかっている。とりあえず刑事らしい行動ができるようになって、満足していた。

有坂が自分を現場に出すことを躊躇している理由が、自分の前にいた萩原という若い刑事の事故死にあると教えてくれたのは野島だった。萩原は仕事熱心な男で、有能だったが、無理をし過ぎるところがあった。

八係のような平和な部署でも、ごく稀に緊急を要する事件が起きることもある。その捜査で丸三日徹夜の張り込みを続けた後、酒を飲んで酔い、歩道橋の階段から転落し、頭部を強打して死亡していた。自分の責任だと、有坂は悔やんでいるという。

三日も徹夜で張り込みをしていたのを、ひと晩だけだと萩原は有坂に話していた。心配をかけたくなかったのだろう。

犯人が逮捕されたため、有坂は、いつもの飲み会に誘った。よほど疲れていたのか、萩原はビール一杯で泥酔してしまった。

帰宅するよう勧めると、一人で帰れると本人が言ったため、そのまま店を出るのを見送った。歩道橋から落ちたところも有坂は見ていた。係長は自分の判断ミスだと考えているんだ、と野島が言った。

野島たち同じ八係の刑事たちも同じ店にいた。すぐ救急車を手配して病院に搬送したが、手遅れだった。

警視庁は認めていないが、あれは一種の殉職（じゅんしょく）だ、というのが野島の見方だった。殉職かどうかは別として、過労死ということになってもおかしくない事例だろうと、総務部勤務だった陽平もうなずいた。

萩原は海外麻薬取締課六係から異動してきた男で、捜査経験があったことからすぐに現場で仕事をさせていたが、それも間違いだったと有坂は言っているという。それぞれの係にはやり方がある。慣れさせるべきだったというのは、その通りかもしれない。

だから陽平については慎重に扱うと、他の部下に話していると聞いた。しばらくは勉強だと思って、ゆっくり慣れればいい、というのが有坂や野島の考えだった。いつまでもということではない、と陽平も自分を納得させていた。有坂の気持ちはよくわかった。

焦ることはない。もうしばらくアシスタントを経験していけば、いずれ独り立ちということになるのだろう。

今回、陽平が成田空港へ向かっているのは、韓国から来日するソン・ジヒョンという警察官を出迎えるためだ。なぜ自分なのかについて、昨日の午前中、有坂から説明を受けた。

厄介（やっかい）な任務だが、これも仕事だ。有坂の話を思い出しながら、ハンドルを左に切って車線を変更した。

5

「先週、隅田川で韓国人の水死体が上がった件は聞いてるな?」

刑事部屋で有坂が言った。聞いてます、と陽平は答えた。他の刑事たちは全員出払っていた。

「死体はドン・インチェルという韓国の暴力組織のトップだった」有坂が写真を見せた。「詳しいことは知らんが、相当な悪（ワル）らしい。検視の結果、事故死という結論が出ている。酔っ払って川に落ちたらしい。人騒がせな野郎だ」

「ずいぶん間抜けな奴ですね」

「韓国警察から、詳しく事情を知りたいと申し入れがあった。殺された可能性があると考えているようだ」あいつらは日本人を信用してないからな、と有坂が舌打ちした。「他殺じゃないにしても、どうしてそんなことになったのか、あるいはインチェルが日本で何をしていたのか調べたい、というつもりもあるんだろう。それはそれで結構だが、警視庁上層部は、韓国の警察官に日本国内で捜査をしてほしくないと思ってる。外国の警察官に介入などされたくないさ。どこの国の警察だってそうだろう」

「そりゃそうですね」

例えば警視庁と神奈川県警の軋轢は有名だが、同じ日本人の警察組織でさえそうなのだから、外国の警察官に首を突っ込まれるのは抵抗がある。そもそも警察というのは排他的な組織なのだ。

「だが、外務省から強い要請があった」有坂が苦い表情を浮かべた。「インチェルってのは相当な大物らしい。韓国警察も一年前から、逮捕状を用意して行方を追っていたそうだ。外務省に協力を依頼してきたのは、警察じゃなくて韓国行政安全部だ。断れなかったと言ってる」

当然ですね、と陽平はうなずいた。警察官僚レベルではなく、その上からの命令であれば従うしかない。

「俺も詳しくないが、日韓情勢が複雑なのは新聞を読んでるだけでもわかる。両国とも、これ以上揉めたくないだろう。関係を悪化させたくないってな。だから外務省の役人たちは、韓国の警察官派遣を了解した」

「わかるような気がします」

「だが、何もできんさ」

　有坂が両の手のひらを開いた。アクセントが地方出身者であることを物語っていた。

「韓国人だぞ？　東京の地理もわからんだろう。墨田区がどこにあるのかも知らないし、言葉だって喋(しゃべ)れるかどうか……。電車だって乗れないんじゃないか？　何をするっていうんだ」

「そりゃそうですよね」

「外務省だって、韓国人のおまわりが来たって何もできないのはわかってるさ。捜査の邪魔になるってこともな。勘弁(かんべん)してくれって話だが、了解せざるを得ない。外務省と警察庁が話し合い、押し付けられたのがうちってわけだ。冗談(じょうだん)じゃないよと言いたいところだが、受け入れるしかない。ソン・ジヒョンとかいう捜査官のアテンドは、こっちですることになった。というわけで、お前の出番だ」

　有坂が肩を叩いた。ぼくですか？　と陽平は自分を指さした。

「ジヒョン捜査官を成田まで迎えに行ってくれ」片手で拝(おが)んだ有坂が薄笑いを浮かべた。「細かいことは任せるが、大歓迎してやれ。ただし、何もさせるな」

「はあ？」

「政治的な綱引きがあって、形式上は警視庁の方から韓国警察に捜査官の派遣を要請している。あいつらは日本人に頭を下げさせたいんだ。喜ばせてやろうじゃないか。ぜひ有能で敏腕な捜査官を一名派遣してくださいと頼んだ。こいつは建前で、一名っていうのがミソでな。こっちも譲歩してる。向こうだってわかってる。馬鹿じゃないんだ。十人日本に寄越したって、金の無駄だよ。だから一名という条件を受け入れた」

「はあ」

「向こうも建前で動いてる。重要なのは、日韓が共同で捜査してるって形なんだよ。世界に日韓が歩み寄ってるとアピールしたいんだ。ホントは仲良しなんですってな。仲良きことは美しきかな、だ」

「なるほど」

「割を食うことになるのは現場の俺たちだが、偉い人はそんなことどうでもいいと思ってる。いいさ、俺たちが我慢すりゃいいんだろ？　最初は捜査一課に話が行ったらしいが、あいつらは逃げた。面倒事は避けたいからな。それでこっちにお鉢が回ってきた。もう後はない。引き受けるしかない。そして俺も押し付けようと考えた。一番下のお前さんにな」

九官鳥のような声で笑った。もちろん冗談だが、それはそれで仕方ないだろうと陽平は思った。どこでも犠牲になるのは一番下っ端なのだ。

「お前には申し訳ないが、ジヒョン捜査官のケアを頼む。代わりにと言っては何だが、この件が終わったらお前を一本立ちさせてやる。そろそろ頃合だしな」

事情はわかりました、とうなずいた。有坂もなかなか交渉上手だ。その条件を出されたら、呑まざるを得ないだろう。

「でも、何をすればいいんですか？」

「観光だ。サイトシーイングだよ」有坂が外国人のように答えた。「ジヒョンって捜査官は幹部候補生のエリートだそうだ。ソウル大学出てってことは、日本で言ったら東大卒と同じだろう。射撃、格闘術の腕も凄いらしいが、特にテコンドーは国内トップクラスらしい。立派な経歴だが、日本に来たって何もできないのは、その辺の一般人と変わらんよ。新宿と銀座の区別もできない奴に何ができる？」

「日本語は話せるんですか？　ぼく、韓国語なんて――」

「俺だってアニョハセヨーしかわからん。心配するな、エリートだって言っただろ？　多少は話せるらしい。何年か前、大統領の警護チームにいた時、速成教育で学んだそうだ。ソウル大学を出てるんだ。頭はいいだろうさ。どうやら、その時の縁で大統領ともコネがあるらしい。粗略に扱うなと厳命が来てる」

「そんなことはしませんけど」

「外国からの賓客だ。丁重に扱え。観光でもグルメでも温泉でも何でもいい。向島辺りで芸者遊びでもさせたらどうだ？　日本を満喫してもらうんだ。楽しんで韓国に帰ってもらおうじゃないか。それがおもてなしの心だ」だが捜査には関わらせるな、と口元を曲げた。「はっきり言って足手まといだよ。日本で起きた事件は日本の警察が調べる。余計な口は挟むなって」

「ですよねえ」

「インチェルって奴は、ろくでもないことを企んでたんだろう。日本でも犯罪に関係していたのかもしれない。それについても、こっちできっちり調べる。事故死ということだが、仲間がいたのかもしれない。それだって捜査する。要請があれば、捜査資料でも情報でもインチェルの死体だって、何だって韓国に引き渡す。花は持たせてやる。余計なことさえしてくれなければ、それでいいんだ」

「わかりました」

「ジヒョン捜査官が帰国してから、日本はいい国ですって大統領に話してもらえりゃいい。警視庁は協力的でしたってな。それが今回のお前への〝特命〟だ。つまり接待だな。機嫌よく過ごして、機嫌よくお帰りいただいてもらえ」

本来の警察官としての仕事とは違うが、これはこれで重要な任務だろう。了解しましたと答えた時、ドアがノックされ、捜査一課長の遠山が入ってきた。

立ち上がろうとした有坂を制して、話はついたのかと囁いた。本人はやる気満々です、と陽平の肩を叩いた。

「それならそれでいいが、本当に君のところでインチェルの件を調べるのか？」遠山がソファに座った。「八係でやりたいと君が言うのは、わからんでもない。発見された水死体が韓国人で、麻薬王と呼ばれていた男だった以上、君の責任範囲だからな。だが、八係が単独で動いても――」

大丈夫です、と有坂が胸を張った。

「捜査一課の連中には、コリアンマフィアの動きは把握できないでしょう。うちは専門の部署ですからね。事故死だそうだし、八係で調べた方が早い。韓国ヤクザが死んだっていうんなら、うちで調べるのが筋でしょう」

それならいいが、と遠山が眉をひそめた。さっきの話では押し付けられたということだったが、どうやら有坂の方から手を挙げたようだ。珍しいこともあったものだ、と陽平は視線を向けた。

普段なら積極的に動かない有坂だが、それなりに縄張り意識があるということなのか。いざとなればやるべきことをやる人なのだ、と感心した。

6

そんな経緯があって、成田までの道を走っていた。脇の下に装着しているホルスターが邪魔だったが仕方ない。有坂に拳銃の携行を命じられていた。

ジヒョン捜査官に何かあったら、国際問題になるということだったが、いったい何があるというのか。お偉方は心配性だからな、と言った有坂の気持ちがわかる気がした。

何もないのはわかりきった話だ。とはいえ、それも外交上の配慮ということなのだろう。

拳銃を持つのは交番勤務以来だな、と思った。デスクワーク専門の陽平は、総務部の頃から拳銃を携帯する習慣がない。結構重いなと思いながら、ランドクルーザーを成田ICの出口に向けた。

エンジンが不吉な音を立てたのは、その時だった。断続的なノック音と共に、フロントのメーター類が点滅を始めた。

ガス欠などではない。バッテリーだろうか。

まずいと思ったが、どうにもならない。料金所を抜けたところまでは何とかなったが、しばらく走ったところでまったく動かなくなった。

時計を見ると十一時二十分を回っていた。ジヒョン捜査官を乗せた飛行機が到着する時間だ。出迎えが遅れたら、本当に国際問題になりかねない。

不幸中の幸いというべきか、五十メートルほど先にガソリンスタンドがあった。

こんな時こそ警察官という立場を有効に使うべきだろう。

走ってスタンドまで行き、事情を説明すると、何人かの店員がやってきてランドクルーザーを運んでくれた。

電気系統の故障だとわかり、応急処置をしてもらうとエンジンがかかった。調子は悪いが、どうにか走ることはできそうだ。礼もそこそこに、空港へ急いだ。

成田空港第一ターミナルに着いたのは、十二時ちょうどだった。予定より三十分も遅れてしまった。中古のランドクルーザーは、ロングドライブに向いていない。

空港の駐車場に車を入れて、大韓航空のカウンターに電話で確認すると、飛行機は予定通り到着したという。四十分前だ。

まずいことになった、と階段を駆け上がって到着ロビーに飛び込んだ。大失態だ。

単なる客とは違う。何しろ韓国人だ。怒るだろう。あいつら、やたらと怒りっぽいもんな。

汗を拭いながら左右を見回した。それらしい人物はいない。とっくに入国しているだろう。人の数も少なかった。

待ちきれずに一人で動き出してしまったのか。だから韓国人は嫌なんだ。少しぐらい我慢してもらいたい。

ロビーを足早に進んだ。人待ち顔の人間はいない。ヤバい。どうしよう。係長に連絡した方がいいのだろうか。

スタイルのいい長身の女が、柱の陰に立っていた。あまりの美しさに、仕事を忘れて思わず見とれてしまった。超美人だ、と頭の先から足元まで見つめた。

女も見つめ返している。どういうことなのか。なぜ見ている？　逆ナン？

いや、今はマズい。それどころじゃない。だけど、アドレス交換ぐらいならオッケーかもしれない。

「警視庁か？」

つかつかと歩み寄ってきた女が言った。なぜだろう、とその顔を見た。

なぜ警視庁の人間だと知っているのか。そんなオーラ、出してたか？

「韓国警察のソン・ジヒョン警衛だ」女が二つ折りの手帳を開いた。日本の警察手帳と仕様が似ていた。「そっちは？」

慌てて陽平は自分の警察手帳を提示した。ヨウヘイ・ゴトウとジヒョンが言った。

警察手帳にはローマ字で名前が表記されている。それを読んだのだろう。

「ちょっと待ってください。あなたがソン・ジヒョン捜査官？」

「警衛だ。日本でいうと警部補に当たると聞いた」

「警部補？」

驚きでそれ以上何も言えなくなった。有坂から渡された資料によれば、ジヒョン捜査官は二十九歳となっていた。二十九歳で警部補？　こっちは巡査だぞ？

とはいえ、日本でもキャリア警察官なら二十五歳で警部に昇進する場合がある。韓国警察の人事システムは知らないが、そういうこともあるのだろう。何しろ韓国警察でも将来のエースと目されている人物だ。役職が高くてもおかしくない。

それより驚いたのは、ジヒョンが女性だったことだ。有坂も遠山もその説明はしてくれなかった。必要がないと考えたのか、それとも彼らも知らなかったのか。先入観もあった。エリートの幹部候補生、テコンドー四段という経歴から、てっきり大柄な男が来るものと思っていた。

イメージと現実のギャップに頭がついていかない。何度もまばたきを繰り返した。

ソン・ジヒョン警部補は若い。しかも美人だ。そんなはずないでしょうと言いかけて、それも失礼かと口をつぐんだ。

「なぜ遅れた？」

ジヒョンが一本調子で言った。日本語を話すことに慣れていないのだろう。アクセントもおかしいし、抑揚もなかった。

「いや、車が故障しまして……大変失礼しました。申し訳ありません」

頭を下げた陽平を険悪な目付きで睨みつけた。美人なだけに迫力があった。

怒っている。もちろん、それは自分が悪い。出迎えに遅刻したら、誰だって怒るだろう。

「全面的にこちらに非があるのは承知しております。本当にすいませんでした」平身低頭しながら、ジヒョンのキャリーバッグに手を伸ばした。「ぼくが持ちます。ご案内します。車は外の駐車場に――」

「その必要はない」ジヒョンが鋭い声で言った。「自分で持つ」

そうおっしゃらずに、と笑みを浮かべながら、陽平はキャリーバッグの把手を摑んでエスカレーターに向かった。

心の中には苛つきがあった。何なんだ、この女は。

遅れたのはこっちが悪かったけど、最初から喧嘩腰じゃないか。親切心で荷物を持つと言ったのに、その態度はないだろう。万国共通のマナーだ。それとも自分の方が階級が上だと思って、馬鹿にしてるのか？

「長旅、お疲れでしょう」そう思いながらも、揉み手をしつつ言った。「でも今日は天気が良かったですから。そんなに揺れることもなかったでしょうし――」

「長くない。二時間半だ」エスカレーターに乗ったジヒョンが冷たく答えた。「疲れてもいない。インチェルの死体が見つかった現場に行きたい。直行しろ」

「そう言われても……とにかく車の方へ」

「時間がない」ジヒョンが自分でキャリーバッグを持ち上げて、エスカレーターの段を降り始めた。「与えられた時間は一週間だ。一週間以内にインチェルについて、すべてを調べなければならない」

「日本語、お上手ですね。かなり前に覚えたと聞いています。さすがソウル大学首席卒業者は――」

余計なことだ、と吐き捨てたジヒョンが、空港の外に出た。

「念のため、インチェルの死体を確認したい。奴の指紋やＤＮＡのデータはない。だが顔を見ればわかる。それから捜査資料が見たい。本国から韓国語に翻訳しておくよう依頼があったはずだ。もうひとつ――」

「待ってください。なるべくご希望に沿うように手配していますが、いきなりそうおっしゃられても……本庁で警視庁幹部があなたを待っています。その後、国土交通省観光庁の次長、参事官などが歓迎の席を設けていますし、加えて日韓友愛協会の代表が挨拶をしたいと……」

「そんな時間はない」

ジヒョンの足が止まった。駐車場はこちらです、と指さしながら陽平は足早に通路を渡った。

「それは事前に連絡が入っているはずですし、あなたも命令を受けていると聞いています。儀礼的なものではありますが、やはり今回の件は――」

「命令は聞いているが、従うとは言っていない。わたしの任務はインチェル事件の捜査だ。表敬訪問をしている暇はない」

車はどこだ、と辺りを見回す。こちらです、と陽平はランドクルーザーに駆け寄ってドアを開けた。

何だこの車は、とジヒョンがじろじろ見た。

「トヨタのランドクルーザーです。型式は多少旧いですが、世界的な4WD車として評価されていて……」

知らない、と首を振ったジヒョンが後部座席に乗り込む。陽平はキャリーバッグをトランクに押し込んだ。

「よく知りませんが、韓国でも人気があると聞いてますけど」

「つまらない車だ。無意味に大きい。日本車はレベルが低いな」シートに触れたジヒョンが顔をしかめた。「合成革だな？　見かけは悪くないが、それだけだ。ヒュンダイの方がいい車を作っている」

「ヒュンダイ?」

もういい、とジヒョンが窓の外に目をやった。エンジンをかけながら、お腹は空いてませんか、とバックミラーを見た。

「機内食、食べました? 都内までは一時間半ほどです。午後二時には銀座に着きます。本庁へ行く前に、寿司でもいかがですか?」

「大韓航空の機内食は世界でもトップクラスだ」

とんでもない国粋主義者が来てしまったと思いながら、陽平は駐車場を出た。

「もちろんその通りですが、せっかく日本までいらしていただいたんですから、日本の伝統料理はいかがでしょう。それとも、その前にホテルにチェックインしますか? 荷物とかも置きたいでしょうし、シャワーでも浴びてはいかがでしょう? 何でしたら仮眠といいますか、しばらくお休みになられても……」

「ホテルは銀座と聞いた」

「そうです。ご存じですか、大東ホテル。世界的に有名な最高級の名門ホテルです。大変だったんですよ、部屋を取るのも……スイートルームを一週間押さえました。屋上プールやアスレチックジムも使えます。ああそうだ、部屋でルームサービスでもいかがです? リラックスできますし、アメリカの映画スターなんかも食べに来るというアフタヌーンティーの始まる時間です。超有名なフォションのお茶を楽しんで……」

ホテルに入るのはいいだろう、とジヒョンが外を見つめたまま言った。

「だが、荷物を置くだけだ。食事のことはいい。どうしてもということであれば、サクラダモンの警視庁へは行こう。上からも言われているし、やむを得ない。だが挨拶が終わったら、他のことはキャンセルだ。カンコウチョウのヤクニンと会っても、捜査には何の役にも立たない」

無言で陽平はうなずいた。これぐらいわかりやすく不機嫌な女は見たことがなかった。激怒しているライオンだって、もう少しフレンドリーなのではないか。寄るな触るな近づくな、話しかけるな。露骨なまでに表情がそう言っていた。

「排気音がうるさい車だな」

ジヒョンが不快そうに耳を押さえた。すいません、と肩をすくめた。

「ちょっとエンジンの調子が悪くて」

「日本車だからな。仕方ない」無愛想な答えが返ってきた。「安くても性能が低ければ無意味だ……なぜ追い越さない？」

「追い越す？」

前の車だ、とジヒョンが指さした。

「遅いじゃないか。右車線が空いてる。さっさと抜け」

「そうは言いますが、八十キロを超えていますし」陽平はスピードメーターを指した。「これはぼくの車ですが、警察官として速度オーバーはできません。スピードを出せと言われても……」

「日本人は気楽でいいな」

男のように腕を組んだジヒョンが目をつぶった。陽平は十時十分の角度でハンドルを握り、粛々（しゅくしゅく）と走り続けた。

7

箱崎（はこざき）インターで高速を降りた。エンジンの調子が本格的に悪くなっていた。修理工場が近くにあるのを知っていたので、そこに車を突っ込み、事情を話してキーを預けた。

修理が済んだら連絡してくださいと言い残し、キャリーバッグを持って工場の前で待っていたジヒョンのところへ駆け戻った。

「本当にすいません。ですが、大東ホテルはここからすぐです。タクシーで行きましょう」

「段取りが悪いな」

投げつけるように言ったジヒョンが、通りを見渡した。国道で、車の往来は多い。タクシーも数台見えた。ただ、客が乗っていた。

「電話で呼びます。お待ちください」

汗だくになりながら陽平はスマホを取り出した。その前で手を挙げていたジヒョンが、なぜ停まらないとアスファルトを強く蹴(け)った。

「仕方ないでしょう。客が乗っているんです」

「構わない」

「こっちは構わなくても、向こうは構いますよ。すぐ来ますから待っていてください」

不便な国だ、とジヒョンが首を捻(ひね)った。

「相乗りすればいいだろう」

「相乗り？」

言われて思い出したが、事前に読んでいたガイドブックに、韓国ではタクシーに相乗りする習慣があると書いてあった。

最近は少なくなっているが、昔からの風習だという。料金の支払いはどうするのかと思ったが、そこまでは書いてなかった。

いらいらした様子で何度も時計を睨みつけるジヒョンの前に、迎車(げいしゃ)のタクシーが停まった。トランクを開けてくださいと頼んで、キャリーバッグを押し込む。ジヒヨンが助手席のドアを開けようとしているのを慌てて止めた。

「後ろの席へどうぞ」

「なぜだ?」

不機嫌そうに見つめるジヒョンに、とにかく後ろへと米搗きバッタのように頭を下げた。タクシーに乗るだけのことで、何でこんなに苦労しなければならないのだろう。

大東ホテルが見えていた。十分ほどで着くだろう。全室セミスイート以上の超高級ホテルだ。最低でも一泊五万円。陽平も泊まったことはない。

「本庁と話して、時間を調整しています」今、一時です、と時計を見た。「一時間後、ホテルのロビーへ降りてきていただければ、ぼくがご案内します。桜田門は目と鼻の先ですし、その時間までお待ちいただければ、警視総監もぜひご挨拶がしたいと――」

「その必要はない」ジヒョンがしかめっ面で首を振った。「お前のせいでずいぶん遅れた。現場はスミダコンウォンという場所だそうだな」

「スミダコンウォン?」

公園だ、と苛ついた口調でジヒョンが言った。

「夜になってしまえば、何も見えなくなるだろう。明るいうちに見たい。すぐ連れて行け」

「そうはおっしゃいますが、警視総監ですよ？　警視庁のトップです。あなたを待ってるんです。表敬訪問はするべきじゃありませんか？」

「時間がないと何度言えばわかる？」ジヒョンの鋭い声に、タクシーの運転手が顔を上げた。「どうしてもということであれば、今すぐ警視庁に行く。挨拶もするし、お愛想だって言う。五分で終わらせよう。わたしは現場に行きたいのだ」

「ぼくの立場もわかってくださいよ。ぼくだって警視総監とは話したことがないんです。スケジュールを調整するのも簡単じゃありません。お願いします」

くだらない、とジヒョンが吐き捨てた。険悪な空気が流れた。

お願いしますと陽平は深く深く頭を下げながら、何でこんなことしなきゃならないんだろう、と小声でつぶやいた。タクシーは順調に走り続けていた。

Chapter 2 衝突

1

エントランスにタクシーが停まったのは二時過ぎだった。大東(だいとう)ホテルはサービス、設備、ホテルマンの質などあらゆる要素を含めて、世界的に見てもトップクラスだろう。

お疲れさまです、と陽平(ようへい)はタクシーを降りながら言った。

「どうぞ、ゆっくりお休みください。賓客(ひんきゃく)であるあなたのために、最高のホテルを用意しろと上から命令がありまして、そうなると大東しかないわけですけど、何しろ突然のことで空き室なんかあるはずもなくて……そこは警視庁ですから、どうにか一部屋確保しましたけど」

若いベルボーイが爽(さわ)やかな笑みを浮かべてキャリーバッグに手を伸ばしたが、自分で持つ、とジヒョンが低い声で言った。

「誰も頼んでない」

「そうおっしゃらずに、運んでもらいましょうよ」陽平は揉み手をした。「一泊九万円ですからね。それぐらいのサービスはいいじゃないですか」

アーリーチェックインの手配は済ませていた。総務部出身だから、そういう手続きには慣れている。

部屋を押さえるのが大変だったというのは本当で、総務部長に頼んで取ってもらった。個人の名前では絶対に無理だった。

警視庁だから特別扱いしてほしいと言うつもりはなかったが、今回に限っては多少強引でもやむを得ないだろう。ジヒョン捜査官の接待にミスは許されない。有坂や遠山のレベルではなく、もっと上の意向だとわかっていた。

ベルキャプテンの案内でエレベーターに乗った。部屋は最上階の五十二階、銀座の街を一望できるスイートルームだ。これなら文句はないだろう。

「暗いな」

ジヒョンがつぶやいた。何がですか、と陽平は辺りを見回した。

エレベーターはスケルトンタイプで、外の風景が見える。四月の日差しが入っていて、むしろ明る過ぎるぐらいだ。

「エレベーターじゃない。このホテルだ」ジヒョンが鼻に皺を寄せた。「フロントも通路も、どこもかしこも暗い。どういうつもりだ」

「アメリカの経済誌なんかでは、このライティングが大東ホテルの品格を保っていると評価も高いようですが」

やはりホテルは韓国だ、とジヒョンが透明な窓から外を眺めた。

「わたしはウェスティン・チョースンの方が好きだ。歴史と伝統が最新式の設備と見事に調和している。あれこそがホテルだろう。客室数も違う。ここはせいぜい百五十部屋だが、ウェスティンはその三倍だ」

大きければいいというものでもないだろうと言いたかったが、それは素晴らしいですねと陽平は調子よく言った。ゴリゴリの国粋主義者に何を言っても意味はない。

エレベーターが五十二階に着いた。マスターキーでドアを開けたベルキャプテンが、百平米のダイトースイートは、ウェイティングルーム、リビングとベッドルーム、広々としたバスルームで構成されております、と説明した。

「特別にキングサイズのベッドをご用意させていただきました。イタリアとスイスのメーカーが共同開発したベッドで……」

どうでもいい、とジヒョンが手を振った。鼻白(はなじろ)んだベルキャプテンが一歩下がった。

「とりあえず、少しお休みになってはいかがでしょう」陽平は深く深く頭を下げた。「一、二時間横になっていただくのも良し、シャワーを浴びるのもよろしいかと思います。ぼくは一階のラウンジにいます。用があれば呼んでください。よろしければお食事でも……」

「すぐ行く。荷物を置くだけだ」

「そう言わずに。お疲れでしょう。お好きな時に降りていただければ、食事の予約は取ってあります。和食、フレンチ、イタリアン、中華、全部押さえました」どんなリクエストがあっても大丈夫なように、陽平は万全の手配をしていた。「すべて名店ばかりですが、もし出るのが面倒ということであれば、ホテル内のレストランもご用意できます。ブラピお気に入りの世界一のフレンチトーストはいかがですか？」

すぐ行く、と繰り返したジヒョンがドアを閉めた。陽平はベルキャプテンと顔を見合わせて、小さく肩をすくめた。

2

三十分ほどラウンジでコーヒーを飲んでいると、エレベーターホールからジヒョンが歩いてくるのがわかり、陽平は立ち上がった。

ジヒョンは機能的な黒のパンツスーツに着替えていた。スタイルの良さに感心した。

態度の悪さと反日感情には閉口していたが、美人なのは否定できない。首を大きく振って、これは仕事だと自分を戒(いまし)めた。

ラウンジに入ってきたジヒョンが、行くぞと立ったまま言った。とりあえずコーヒーでもいかがですかと椅子(いす)を勧めたが、そんな時間はないと突っぱねられた。

「スミダ川(ガン)に行きたい」ジヒョンがガイドブックを突き付けた。「インチェルの死体が発見された場所を見ておきたい」

「大声は止(や)めてください」死体とか言わないでくださいよ、と周りを見た。「日本最高級のホテルなんです。場にそぐわないですよ」

「それがわたしの仕事だ」

「とにかく、お座りください」陽平はもう一度椅子を勧めた。「ここは中央区で、インチェルの現場は墨田(すみだ)区にあります。同じ東京だろうとおっしゃるかもしれませんが、そんなに近いわけではありません。とりあえずお茶でも――」

「そんな時間はない」

「来る時にお話ししましたように、警視庁幹部や関係省庁の人間があなたをお待ちです。桜田門の警視庁本庁舎は墨田区へ行く途中にありますから、本庁に寄ってからということでいかがでしょうか。彼らもぜひあなたに挨拶(あいさつ)がしたいと申しておりますし、日韓親善のためにもやはりそうするべきなのではないかと――」

わかった、とジヒョンが手を振った。言い争う時間が惜しいと思ったようだ。

「確かに表敬訪問は必要なのだろう。韓国は礼の国だ。礼儀知らずと思われたくない。上からも言われている。今すぐ警視庁に行こう」

お待ちください、と陽平はメニューを開いた。警視庁にそう簡単に行かせるわけにはいかない。

有坂、そして遠山からも強く言われていたが、ジヒョンを捜査に加わらせるつもりはなかった。そもそも、外国人捜査官を受け入れる態勢が整っていない。

これは日本に限ったことではなく、世界中の警察組織がそうだろう。言葉ひとつ取っても、異国での捜査は不可能なのだ。

義理も借りもない。死体が韓国人だったのは事実だが、発見されたのは日本国内だ。日本の警察が調べるのが筋だろう。

ドン・インチェルが韓国で麻薬密売に関与していたのは事実かもしれないが、現在のところ日本で犯罪を犯していた形跡はないのだ。

協力する気がない、ということではない。九九パーセント事故死だが、韓国警察からの情報で、インチェルが暴力組織のトップにいたことはわかっていた。

今後、日本で犯罪に加担しようと考えていたのかもしれない。その辺りの捜査は有坂率いる八係が始めていた。殺害された可能性も含めて調べている。

捜査でわかった情報を韓国警察に渡すことも、警視庁は決定していた。だが、今の時点で韓国人が捜査に加わっても、百害あって一利なし、というのが上層部の意見だった。

日本語もわからず、地理に不案内な韓国人が日本で何を調べるというのか。何もできるはずがない。

陽平もそう思っていた。ジヒョンの日本語会話能力は決して低くないが、流暢というほどでもない。

土地勘もなければ、インチェルに関係している人間も知らないだろう。何もできないというのはその通りだ。

結局誰かがついていなければならないし、捜査の方法も違う。捜査会議などでは特殊な専門用語も出てくるから、いちいち解説しなければならなくなるだろう。

ジヒョンのために会議をストップすることなどあり得ない。意味がないというより、スムーズな捜査の妨げになることは間違いなかった。

ジヒョン捜査官を現場に近づけるな、というのが有坂からの〝特命〟だった。陽平もそのつもりでいる。

今日から一週間の予定で、ジヒョンが日本に滞在する。明日からのことはまた考えるとして、とりあえず今日のところは、警視庁にも現場である隅田公園にも連れていく気はなかった。

「ジヒョン警部補、警視総監と副総監があなたと事件捜査に関して打ち合わせをしたいと言っています」

警視庁トップツーの名前を出した。そんな発言はしていないが、ジヒョンにわかるはずもない。

「ですが、彼らは時間で縛られていて、スケジュールの都合もあります。今確認しましたが、あと二時間ほどお待ちいただかなくてはなりません」

「警視総監に会っても仕方ないだろう」

「円滑な捜査のためには重要なことと考えます。ただお待ちいただくのも申し訳ありませんので、その間、食事でもいかがでしょう。ディナーについては警視庁が総力を挙げて宴席を設けておりますが、その前に少し遅めの昼食を楽しんでいただければと」

「女か、お前は」ジヒョンの声が高くなった。「さっきから食事のことばかり……他にもっと重要な話があるだろう。インチェルの捜査はどうなってる？　事故死にせよ殺人にせよ、それを裏付ける証拠は見つかっているのか？」

落ち着いてください、と陽平は中腰になった。

「もちろん、捜査は進んでいます。ですが、捜査状況については警視庁上層部からお聞きになった方がよろしいのではないかと。まとめて報告した方が、ジヒョン警部補としてもわかりやすいのではないでしょうか。そのためにも、少しお時間をいただき、食事でもしながら――」

もういい、と吐き捨てたジヒョンがラウンジを出て行った。待ってください、と伝票にジヒョンの部屋番号を書いてから、陽平はその後を追った。

「警視総監との挨拶は断る。儀礼的な訪問は時間の無駄だ」大股で歩きながらジヒョンが言った。「会う必要があるのは、現場の捜査官だ」

「ごもっともです。しかし、彼らも捜査のため都内数カ所に分散しています。ある程度まとまった報告がなければ、それこそ時間の無駄ではありませんか?」

「どれぐらい待てばいいのか」

向き直ったジヒョンに、どうでしょうかと首を傾げながら腕の時計に目をやった。

「確認しますが、最低でも二、三時間は必要かと」

「今、三時だ」ジヒョンがまた歩き出した。「四時で調整しろ。それまでは待つ。その間に食事をと言うのなら、仕方ない。それから、夜の宴会など断る。そんな暇はない」

「わかりましたわかりました」機嫌を損ねないように、陽平はうなずいた。「その方向で上と話します。ですが、確認のために少々お時間をいただけないでしょうか。それまでどうされますか？　ぼくが予約しているレストランは……」

「ラーメンだ」

「はい？」

聞き損なったのだろうか、と陽平は自分の耳を疑ったが、そうではなかったらしい。ラーメンだ、とジヒョンが繰り返した。

「それなら早く済むだろう。食事をしている間に、現場捜査官と会う時間を決めろ。それでいいな」

「あの、ラーメンですか？　ぼく、フレンチとイタリアンと中華と和食の店にそれぞれ予約を……」

「ラーメンでいい。十分だ」

ジヒョンがエントランスへ向かって歩き出した。銀座でラーメンかよ、と頭を抱えながら、陽平はスマホでぐるなびの検索を始めた。

3

インターネット社会のありがたいところで、大東ホテルから数分のところに名物の醤油と塩ラーメン、そして黄金チャーハンで人気のラーメン屋〝仙理〟があるとわかった。

行列ができることで有名な店だったが、時間が午後三時過ぎと遅かったため、それほど待たずに入ることができた。

案内されたのはカウンター席だった。物珍しそうに店内を見ていたジヒョンが、韓国にも似たような店はあるとつぶやいた。

どこまで負けず嫌いなのだろうと思いながら、ですよね、と陽平は大きくうなずいた。

「中国四千年ですもんね。ラーメンも中華料理なわけですから……」

「韓国と中国は違う」

冷たく言い放ったジヒョンが、コップの水を飲んで顔をしかめた。ご注文は、とカウンターの奥からバンダナを頭に巻いた若い男が聞いた。

「ジヒョンさん、どうします？　いろいろ種類があります。ラーメン以外にも黄金チャーハンというのが……」

「スタンダードなラーメンでいい。どうせ味は同じだ」

「いや、そこがラーメンの奥深いところで。醤油、塩、味噌、トンコツ、それぞれ説明しましょうか？」

「あれでいい」ジヒョンが後ろの席で食べていた客を指さした。「……何だ、あれは？」

店員に聞くと醤油ということだったので、陽平は醤油ラーメンを二つ頼んだ。しばらく待つと、丼が目の前に置かれた。

「何だか申し訳ないですね。いや、ラーメンはラーメンで美味しいんですけど、韓国からのお客様に対して、ちょっとあれかなあと……」

「蓋はないのか」

割り箸を手にしたジヒョンが言った。蓋ですか、と陽平は首を傾げた。

「どうなんでしょう、ラーメン屋さんで蓋っていうのは、あんまり聞いたことがないんですけど」

「だったら、どうやって食べるんだ」

「どうやって……普通にと言いますか」陽平は箸とレンゲで麺をすくい上げた。

「韓国にだって麺料理はありますよね。ドラマか何かで見たような気がしますけど」

「蓋に麺を乗せて食べるのが常識だろう」どうしてないのだ、とジヒョンがしかめっ面になった。「使わないのか？　なぜだ？　熱いだろう。日本人は火傷しないのか」

「しなくもないですけど、周りを見てください。誰も蓋なんか使ってませんよ」

野蛮だな、とジヒョンが丼に箸を入れて、不安そうに数本の麺を持ち上げた。

「なぜ彼らは丼を持ち上げて食べているんだ」

「丼を？　あれはチャーハンを食べているんです」

取り皿をくださいと陽平は店員に頼んだ。丼の蓋はないだろうが、小皿ぐらいはあるだろう。ジヒョンにはそれを使って食べてもらうしかない。

「下品だな」ジヒョンが吐き捨てた。「礼儀のない国だ」

「何のことです？　丼を持ち上げるのがですか？」

「韓国では、食器や皿に手をかけるのは下品な行為とされる」

「どうしてですか」

「……見た目が悪いじゃないか」

そうですかねえ、と答えながら店員がカウンターに置いた小皿を指して、これを使ってくださいと言った。きれいなのか、と口元を歪めながら、ジヒョンが麺をすくって乗せた。

「まあその、韓国じゃそうかもしれませんけど、その辺はお国柄と言いますか、日本人は普通に皿や茶碗を手に持って食べますね。その方が食べやすいですし」

「そういう国だ」軽蔑したようにジヒョンが周囲を見回した。「便利なら何でもいいのか？　美しくなくても平気なのか？」

「どうなんでしょうかね。あんまりそういうこと考えたことがないんで、よくわかんないんですけど」

さすがに不愉快（ふゆかい）になって、陽平はラーメンの丼に視線を向けた。韓国人の風習は知らないが、食事の仕方は国によって違うだろう。文化も習慣も常識も違うのだ。知らなければ驚くことはあるかもしれないが、いちいち非難するのはどうなのか。

韓国人に対して偏見は持っていないつもりだ。というより、そこまで考えたことがない。

そもそも韓国人の友人どころか、知り合いもいない。偏見の持ちようがなかった。

例えば、ヘイトスピーチを繰り返している人たちに対して、みっともないことをしているという思いはある。だが、どうもあの人たちは正しいのかもしれないと思えてきた。

あまりにもジヒョンはしつこくないか。日本と日本人が嫌いなのはわかるが、それを露骨（ろこつ）に出すのは大人げないだろう。それこそ礼儀を欠いていないか。

「もういい。気にするな」ジヒョンが麺をすすった。「驚いただけだ」

さすがに言い過ぎたと思ったらしい。フォローしているつもりのようだ。慌（あわ）てて陽平は笑顔を作った。

「とんでもないです。お互い、思ったことを率直に言うのはいいことですよね……どうですか、味の方は」

悪くない、とジヒョンが小さな声で答えた。お愛想で言ってるわけではないらしい。麺とスープを交互に味わって、なかなかだなとうなずいた。

「お口に合ったなら何よりです。どうします、食べ終わったらホテルに戻りますか？食べてすぐ寝ると牛になるなんて言いますが、あれは気持ちいいですからね。お腹がいっぱいになったら眠くなるのが、人間というものでしょう」

「そんなことはどうでもいい」箸を置いたジヒョンが鋭い目で睨みつけた。「さっさと時間の確認をしろ。現場捜査官は警視庁に集めればいいだろう。サクラダモンは近いのか」

「近くはないです」

「それなら電車かタクシーだ。報告を聞いたら、そのままスミダ川へ行く。早く食べろ。女か、お前は」

「すいません、猫舌なもので」

「ネコジタ？」

食べるのが遅いんです、と言いながら陽平はスマホを見た。メールで確認しますと言ったが、文章を作るふりをしただけだ。会話はともかく、日本語の読解がそれほど得意ではない、と有坂から聞いていた。

「大変だ、都内で連続殺人事件が起きているようです」届いたメールを読むふりをした。「武装した犯人がショットガンを乱射したそうです。十人が死亡、二十人が重軽傷……警視庁は大混乱に陥っています」

「日本は治安がいいと聞いていたが」

「十年に一回ぐらいは、そういう事件も起きますよ」適当に答えて、スマホをポケットにしまった。「刑事部の人間は対応に追われているようです。ジヒョン捜査官には申し訳ないが、明日まで待ってほしいということです。こんな酷い殺人事件はめったに起きませんから、やむを得ないところでしょう。ご理解ください」

「重犯罪が発生した以上、それは仕方ないな」事情はわかった、とジヒョンがうなずいた。「ではスミダ川に行こう。むしろ好都合だ。インチェル事件の現場が見たい」

しまった、と陽平は焦った。うまく丸め込んでホテルに戻そうと考えていたが、ジヒョンはどうしても隅田公園に行くつもりのようだ。

「いや、それがですね……」咄嗟に言い訳をした。「ライフル乱射殺人事件は墨田区で起きています。現在、墨田区内への立ち入りは制限されています」

「さっきはショットガンを所持した犯人と言っていなかったか？」

「ショットガンもライフルも持っているんです」勢いでそう言った。「検問が始まっていますから、車では入れません。墨田区へ行くのは難しいようです。明日にしましょう」

「明日？」

「そうは言っても、まだ四時前ですからね……そうだ、東京スカイツリーにでも行ってみませんか。世界一高い電波塔です。知ってます？　スカイツリー」

「知らない」ジヒョンの顔が緊張で強ばった。「そこでインチェルは殺されたのか？」

とんでもない、と陽平は苦笑した。

「そうじゃなくて、東京の代表的な観光名所なんです。ぜひご覧になってください。それとも、やっぱりディズニーランドとかの方がよかったですか？　女性ですもんね、ミッキーマウスとかお好きでしょ？　いや、失敗したな、だったら成田から戻ってくる途中に寄ればよかった。どうして思いつかなかったかな。舞浜辺りで高速降りればすぐだったんですよ」

「韓国にはエバーランドがある」

「エバーランド？」

「ロッテワールドもある」ジヒョンが箸とレンゲを丼に突っ込んだ。「ディズニーランドなど必要ない。行くつもりはない」

「そうかもしれませんが――」

「スカイツリーというのは知らない。韓国にはNソウルタワーがある。高いタワーなど珍しくもない。お前は知らないのか、Nソウルタワーを」

「すいません、不勉強なもので」

ジヒョンの顔に蒼い陰が走った。怒っているようだ。何か余計なことを口にしてしまったらしい。表情に殺気が漲っていた。

「検問があるから車ではスミダクに入れないというのだな？　それなら電車で行けばいい。出るぞ」

「墨田区内は全面的に立入禁止になっています」

「行けばどうにかなる。警察官だろう」

ジヒョンが店を飛び出した。無理に止めると、不審に思われるかもしれない。とりあえず地下鉄に乗せてしまおうと決めた。どうせジヒョンは自分がどこにいるかわからないのだ。

「案内しろ……待て」ジヒョンが開いていた韓国語のガイドブックに指を当てた。

「東京スカイツリーはスミダクのオシアゲにあると書いてある。スミダクは立入禁止ではないのか？」

「そうでしたね」背中に汗が伝うのを感じながら、無理やり笑顔を作った。「忘れてました。どちらにしても行けなかったですね。残念だな、今日は天気がいいから、富士山も見えたと思いますけど」

「部屋から見えた」

行くぞ、と歩き出した。地下鉄の駅は逆です、と陽平はため息をつきながら前に立った。

4

地下鉄銀座駅から東京メトロ銀座線に乗った。混雑していたが、乗り込んだ車両にいた大学生の集団が一斉（いっせい）に降りたため、座ることができた。

陽平はほっとしていた。立ちっぱなしだったら、またジヒョンが怒り出すだろう。

韓国にも地下鉄はありますよねと言うと、何を言ってるのかと人殺しのような目で睨んできた。

「世界有数の地下鉄保有国だ。お前は何にも知らないのだな。ソウルだけではなく、仁川（インチョン）、釜山（プサン）、光州（クアンジュ）……」

今度ゆっくり教えてくださいと言って、陽平は自分のスマホをチェックするふりをした。韓国の地下鉄事情など知らないし、興味もない。

「この地下鉄に乗っていればスミダ川に着くのか？　ガイドブックにはホンジョアヅマバシという駅が近いと書いてあるが」

「ええと、どうなんでしょう」顔を上げて路線図を見た。「とりあえず、その前にちょっとよろしいですか」

「ちょっと？」

「韓国も凄いでしょうけど、日本の地下鉄もなかなかのものですよ」陽平は話を逸らした。「都内について言えば、乗り継いでいけばどこへでも行けます。もちろん墨田区内もですが、他の場所でも……ジヒョンさん？」

目の前に立った中年の女性が持っていたトートバッグに手を伸ばしたジヒョンが、自分の膝に載せた。女性が呆気に取られたように見つめている。

「あの、いったい何を？」

「どうした」

ですから、と言いかけた陽平の前で、何なのと女性が叫んだ。失礼しました、と詫びながらトートバッグを返した。

なぜだ、とジヒョンが首を傾げた。

「重そうじゃないか」

信じられない、という表情を浮かべた女性がその場から離れていった。何なんです、と陽平は向き直った。

「いきなり人の荷物を取るなんて、そりゃ驚きますよ」

「なぜ驚く。わたしが泥棒に見えるというのか」

「そんなことは言ってませんが……」

「誰だってああする。あんなバッグ、通る人の邪魔だろう。肩に提げていて、転んだりしたらどうするんだ？」

「転びはしないですよ。いいですか、ジヒョンさん。他人のバッグに断りもなく勝手に手をかけたら、そんなつもりはなくたって泥棒と勘違いされますよ。常識でしょう」

「韓国では皆そうする。日本人というのは、そんなにお互いを信じられないのか？　人を見たら泥棒と思え？　哀しい国民性だな」

「韓国では常識的な習慣かもしれませんけど、日本では通用しません。たぶん、ほとんどの国がそうなんじゃないですか？　他人の荷物なんです。せめてひと言声をかけるとか、それぐらいしないと誤解されますよ」

「日本とはそういう国なのだな」

ジヒョンが薄く笑った。それは話が違わないか。欧米だろうがロシアだろうがどこだろうが、世界的に見ても韓国のような国はめったにないはずだ。韓国ルールが世界標準ではないと、誰かが教えるべきなのかもしれない。

「喉(のど)が渇(かわ)いた」

売っていないのかとジヒョンが辺りを見回し始めた。

「だからホテルで飲めばよかったんですよ。地下鉄の車内です。自動販売機なんかありません。駅に着けば間違いなくありますから――」

「どうしてだ。地下鉄なのだから、物売りがいるだろう」

「物売り？」

「車内販売と言った方が正しいのか？　日本語は難しいな。よくわからないが、売り子がいるはずだ」

どこにいる、と立ち上がったジヒョンの袖(そで)を引いて座らせた。理解不能だ。

韓国の地下鉄には食べ物や飲み物を売り歩く販売員がいるのだろうか。新幹線ならともかく、考えられない。

わからない、と腕を組んだジヒョンが座り直した。こっちのセリフだ、と思いながら陽平は足を組んだ。

5

浅草駅で降りた。吾妻橋の交差点から雷門通りを歩くと、有名な朱塗りの門と大きな提灯が見えてきた。

「ここがスミダコンウォンか？　インチェルの死体が発見された川はどこだ？」

ジヒョンが鋭い目で辺りを見回した。雷門です、と陽平は指さした。

「カミナリモン？」

「雷門は浅草寺の山門です」用意していた観光客向けのパンフレットを、そのまま読み上げた。「およそ千百年前に造られたものですが、何度も火事で焼失しています。現在の大門と提灯は有名な企業の社長が寄進したもので……」

何の話をしている、とジヒョンが気色ばんだ。

「わたしはスミダ川に行きたいと言ったはずだ。観光に来たわけじゃない。インチェルの捜査のためだ。どうして関係ないところへ連れて来た？」

「たった今、墨田区管内に潜伏していた連続射殺魔が、隅田公園に移動したという連絡がありました」陽平は適当に話を作った。「犯人はショットガンとライフル、手榴弾とバズーカ砲で武装しており、小学校二つと病院、そして駅を爆破し、数十人が射殺され、数百人が負傷しているとのことです。現在、避難が始まっており、大混乱が生じているということです。とてもではありませんが、隅田公園には行けません」

「ガイドブックには、アサクサとスミダコンウォンはすぐ近くと書いてある。どうしてこの辺りに警察官が出ていないのだ」

まずい、と陽平は下を向いた。海外旅行客が喜びそうな場所ということで浅草に来たが、ジヒョンは近いとわかっているようだ。

「いえ、区が違いますので、ここまで警察は警備していないんです。とにかく墨田区内への立ち入りが禁じられていて――」

「そんな話は聞いていないぞ」ジヒョンが手首のApple Watch（アップルウォッチ）を向けた。「それほどの重大事件なら、韓国のネットニュースでも取り上げられているはずだし、本国から連絡も入る。本当にそんな事件が起きているのか？」

「情報は厳重に秘匿（ひとく）されています」陽平は慌てて首を振った。「日本の警察関係者しか、正確な情報にはアクセスできません」

「そうなのか……だからといって、こんな寺に連れて来られても困る」

うまくごまかせた、と胸を撫（な）で下ろしながら、そう言わずにと陽平は山門に向かって歩き出した。

「浅草は外国人観光客が大勢訪れることで有名です。古い日本と新しい日本が共存しているということなんでしょう。オリエンタルなムードもありますし、外国人が興味を持つのもわかります」

「年寄りが多くないか？」

「浅草に限ったことではありません。日本は超高齢化社会で、国民の三割近くが六十歳を超えています」

「本当か。そう言われると、そんな気もするな。日本の国力が落ちているのはそのためなのか？」

かもしれません、といいかげんなことを言った。どこへ行くつもりなのか、とジヒョンが立ち止まった。

「スミダクには入れないのだな？　事情はわかったが、だからといってこんなところに来ても意味はないだろう」

「そうおっしゃらずに。申し上げた通り、浅草は代表的な東京の観光スポットです。今日のところは見物でもしていただいて、明日以降は連続乱射事件の展開次第で……」

「何度も繰り返すようだが、遊びに来たわけではない」ジヒョンが迫力のある低い声で言った。「インチェルについて調べるために海を渡った。何もできないというのか？」

「今日のところはそういうことです。もしお望みでしたら、別の場所をご案内します。秋葉原なんかどうでしょう。電気製品に興味は……」

もういい、とジヒョンが歩き出した。どこへ行くんですかと呼びかけたが、無視して歩を進める。待ってください、と陽平は小走りでその後を追った。

6

時計を見た。午後六時。そろそろ日が沈む時間だ。

あれから二時間以上、ジヒョンと一緒にいた。隅田公園に連れていけと一時間責められたが、言を左右にして今は難しいですと断り続けた。

しばらく前から、何も言わなくなっている。ファストフードの店に入り、苦虫を噛み潰したような顔で通行人を睨みつけているだけだ。インチェルと関係のある人間が通るとでも思っているのだろうか。

最初こそ気を遣って話しかけていたが、面倒になって陽平も口を閉じていた。そもそも会った時から虫が好かなかった、と紙コップのコーヒーを飲みながら空港でのことを思い出していた。

迎えに行くのが遅れたことは悪かったと思っている。ジヒョンだからとか韓国人だからということではなく、時間を守らないのは失礼と言われても弁解のしようがない。車の故障というアクシデントがあったにせよ、そこは百パーセント自分に非があるだろう。

だが、その後はどうか。自分は誠意を尽くして何度も謝った。それでも不機嫌なままというのはどうなのか。謝罪は謝罪として受け入れてもいいのではないか。

経歴を見てもわかるが、ソウル大学を首席で卒業したエリートで、オリンピック候補選手だ。卒業後、警察に入り、大統領警護担当官を命じられ、そのまま警部補になった。

日本のキャリア警察官でもそういう例はあるが、彼らはノンキャリアを見下す傾向がある。ジヒョンもそうなのだろう。自分を見る目でわかる。蔑むような目付きだ。気に入らなかった。

能力は高いのだろう。射撃はもちろんだが、テコンドーでも韓国トップクラスの選手だという。警察でも幹部候補生だと聞いた。結構な話だ。

将来大統領になるのかもしれない。美人でスタイル抜群なのも間違いない。

だが、日本では何もできない、とわかっているのだろうか。会話力はあるが、それだけのことだ。早い話、中央区から墨田区への移動も一人ではできないだろう。郷に入れば郷に従えという諺を知らないらしい。それとも韓国にそんな諺はないのか。もっと謙虚になってもいいだろう。

自分がアテンドするという話は韓国警察にも伝わっているはずだ。一介の巡査に過ぎないことを知っているのかもしれない。警部補と巡査は階級差がある。立場が違うというのはその通りだ。

だが、それとこれとは違わないか。頭を下げて教えを乞えと言っているのではない。人に物を教わる時には、それなりの態度というものがあるだろうという話だ。何を言っても怒り出す。韓国の方が日本より上だと思っているのは、少し話しただけでもわかった。愛国心なのかもしれないが、いいかげんにしてもらいたい。そういう態度はないだろう。

仮にも韓国警察を代表して来ているのだ。もうちょっと接し方というものを考えてもいいのではないか。

だから韓国人は嫌なんだ。最初から喧嘩腰では、どうにもならない。

陽平は視線を上げた。ジヒョンは相変わらず外を見つめている。

仕方ない、と小さく息を吐いた。とにかく下手に出るしかない。機嫌よく韓国にお帰りいただくには、それしかないのだ。

後で有坂と話そう。一人では無理だ。偉い人にも頼んで、ジヒョンを本庁に足止めしてもらうしかないのかもしれない。

「お前のせいで、今日一日が無駄になった」唐突にジヒョンが口を開いた。「現場を案内しない。警視庁へ連れていくわけでもない。なぜアサクサで足止めされなければならないのか」

「現場付近に凶悪な犯罪者が潜伏していると申し上げたはずです」お前という呼び方はどうなんだと思いながら、陽平は説明を繰り返した。「突発的な事件が発生したため、警視庁も混乱しています。時間を調整できませんでした。申し訳ないとは思いますが、仕切り直しさせてください。明日は間違いなく警視総監に会っていただけるようセッティングします」

「会う必要はないと言ったはずだ」唇を尖らせながらジヒョンが言った。「何の意味もない。警視総監がインチェルについて何を知っているというのだ」

「もちろん詳しいことは知らないでしょう。ですが、表敬訪問とはそういうものではありませんか？　今回の事件について、両国の協力が必要です。警視庁もそれはよくわかっているんです。だから何階級も下のあなたに挨拶をしたいと、警視総監本人が言っているんです」

もういい、とジヒョンが紙コップを握り潰してトレイに放った。

「これ以上アサクサにいても意味がない。ホテルに帰る」

「そうですか？　ではタクシーを呼びます。少々お待ちください」陽平はスマホを取り出した。「そうだ、ジヒョンさん、夕食はどうしますか。歓迎の席は取りやめましたが、もしよろしければ本場日本の寿司を――」

「韓国にも寿司はある」ジヒョンがプラスティックのテーブルを叩いた。「食べたくない。ホテルに帰る。車を呼べ。何か食べるにしてもホテルで済ませる。何もしなくていい」

わかりました、と答えて店の外に出た。馬鹿らしい、面倒だ。相手にするだけ時間の無駄だ。さっさとホテルへ送り届けよう。

スマホでタクシー会社の番号に触れながら、あと六日もあるのかと顔を手のひらで強くこすった。

7

浅草から銀座の大東ホテルまでタクシーで戻った。道が空いていて助かったと思った。不機嫌な女の相手をするのは苦手だ。

タクシーを降りたジヒョンが、振り向くことなくホテルのエントランスに入って行く。その後ろ姿を見ながら、ため息をついた。

疲れた。これならインチェル事件を捜査していた方がよほど楽なのではないか。

七時になっていたが、まだ帰れない。箱崎へ行ってください、と運転手に告げた。車を取りに行かなければならなかった。

タクシーが走り出した。スマホで海外麻薬取締課八係の直通番号を押すと、もしもし、という有坂の野太い声が聞こえた。

「お疲れさまです、後藤(ごとう)です」

「おお、どうした陽平。疲れてるみたいだな」

疲れもしますよ、と愚痴(ぐち)をぶちまけた。

「こんな面倒臭(めんどうくさ)い話、聞いたこともありません。韓国から来た捜査官なんですが、まだ若い女警部補でした。どうして教えてくれなかったんですか？」

「言わなかったか？　話したつもりだったが」

「別にいいですけど。今、ジヒョン警部補をホテルに送り届けました」

「そうか。ご苦労」

「係長、本当に勘弁(かんべん)してくださいよ。何なんです、あいつは。エリートの幹部候補生だか何だか知りませんけど、とんでもないですよ。あんな嫌な女、三十年生きてきて初めてです」

「そりゃ大変だったな。韓国の制度がどうなってるか知らないが、ジヒョン警部補は日本でいうキャリア組なんだろう。押し付けた形になったのは悪かったが、どこだってキャリアはそんなもんだ。俺も警察は長いが、いいキャリアなんて会ったことがない」

「そうなんでしょうけど、あの女は特別ですよ。よっぽど日本が嫌いなんでしょうね。こっちも別に好きじゃありませんから、どっちでもいいんですけど」

「そう言うな。今回は辛抱してくれ。この通りだ」

電話で頭を下げられても、と陽平は苦笑した。

「愚痴を言いたいわけじゃないんですけど、最悪ですよ。むかつくことしか言わないし、命令口調だし、偉そうだし。殴ってやりたいぐらいです」

不満が口をついて出た。大きく息を吐いた有坂が、わかるよと合いの手を入れたが、陽平としては気持ちのやり場がなかった。

「いろいろあるだろうが、今回は堪えてくれ」大きく言えば、日韓友好がお前にかかっている、と有坂が言った。「冗談抜きで、そういう側面があるんだ」

「わかってますよ。わかってるから、何でも従ってるんです。だけど――」

「一週間の我慢だ。あと六日だよ。ジヒョン警部補が韓国へ帰れば、一生会うこともない。ついてなかったと思って、ひたすら頭を下げてろ。この件が終わったら、お前も独り立ちだ。捜査に加わっていい」

「絶対ですよ。約束しましたからね」

わかったわかったと有坂が電話を切った。仕方ない、と頭を振った。

まっすぐでいいんですかと運転手が言った。その先を左に、と陽平は道を指示した。

8

朝八時半、陽平はランドクルーザーを大東ホテルの駐車場に入れた。遅刻するわけにはいかなかった。約束の時間は九時だったが、三十分前なら文句は言われないだろう。

時間まで待とうと思いラウンジへ向かうと、不機嫌そうな顔のジヒョンがコーヒーを飲んでいた。向こうも気づいたのがわかり、思いきり愛想笑いを作って近づいた。

「おはようございます。早いですね」

座ってもよろしいでしょうかと尋ねると、小さくうなずいた。向かい側の椅子に浅く腰掛けた。

「朝食ですか」テーブルにサラダとフルーツなどの皿があった。「ヘルシーですね。体調管理はオリンピック候補選手として……」

「普通だ」

投げつけるような言葉が返ってきた。朝からこれだけ不機嫌では、今日一日が思いやられる。通りかかったウエイトレスにコーヒーを頼んでから向き直った。

「いかがです、よく眠れましたか？　こう見えてぼくは意外と神経質なところがあって、枕が変わると眠れなくなってしまうのですが、ジヒョンさんはそんなことないですよね。大東ホテルのベッドはシモンズかどこかが特別に開発したレインボーベッドと言われています。人間工学の応用で、睡眠時に最適のポジションを――」

お前は朝からよく喋るな、とジヒョンがアサイーボウルにフォークを刺した。

「日本人の男はみんなそうなのか。どうも女性的だ。それでいいと思っているのか？」

そういうわけではありません、と返事をして黙った。世間話じゃないか。

何も言わなければ、無愛想だと怒り出すつもりだったのだろう。難癖をつけようとしているとしか思えなかった。

「日本のホテルは駄目だな」ジヒョンが手を挙げて、皿を片付けてくれと命じた。

「夜、ブラウスをクリーニングに出した。朝八時までに届けるということだったが、戻ってきていない。信用できない国だ。わかっていたから、別の服を用意していたが」

ジヒョンが着ていたのは襟の大きなシャツに薄いブルーのカーディガン、そしてカーゴパンツだった。足元はワークブーツで、動きやすいスタイルということらしい。

「問い合わせてみましょう。今、八時半です。三十分ぐらいの遅れは仕方ないかもしれません」

「八時までにと言った」ジヒョンが指でテーブルを叩いた。「そう約束したのだ。日本の鉄道は時間通りに運行するというのが自慢らしいが、怪しいものだ」

　手厳しいですねと苦笑するしかなかった。大東ホテルのサービス管理は有名だが、多少の遅延は起こり得るだろう。

　何か事情があったのかもしれない。三十分ぐらいいいだろうと思ったが、それは言えなかった。

「ホンデのオクトーバーのパンが食べたい」ジヒョンが皿を押しやった。「このパンはどうなのか。粉も水も酵母も違う。食べればわかるが、そもそも日本のパンは――」

　ごもっともですとうなずいて、呪文のようなジヒョンの声を聞き流した。文句と嫌みが言いたいだけなのだ。まともに相手しても意味はない。

「車の修理は済んだのか」

　ジヒョンの問いに、反射的にうなずいた。

「昨日、あれから修理工場へ行ってきました。今日は車でご案内できます」

「では、今すぐスミダコンウォンへ行こう」ジヒョンが立ち上がった。「インチェルの死体を発見したのは大学生だそうだな。詳しい状況を聞きたい。事前に伝えているが、アポは取ってあるんだろうな」

お座りください、と陽平は言った。そう言われるだろうと思い、答えは用意していた。

「昨日もお話ししましたように、墨田区内に凶悪犯が潜んでいます。隅田公園は厳重な警戒態勢が敷かれており、犯人逮捕までは入れません」

「どこにそんなニュースが?」ジヒョンがタブレットを開いた。「日本のニュースサイトは韓国語に翻訳されてどこでも閲覧できる。一行もそんな記事はないぞ」

「それはですね、一般市民にパニックが起きるのは都内の治安上好ましくないという判断が警視庁にあったからで……」ジヒョンが裏まで取ってるとは考えていなかった。「オープンにできないという事情はおわかりでしょう。都民の不安を煽ることになってはまずいんです」

しどろもどろで説明したが、ジヒョンが信じていないのは明らかだった。では大学生と会わせろとテーブルを叩いた。それなんですが、と言い訳を口にした。

「その大学生が試験中で、今すぐは難しいと。週明けに試験が終わり次第、改めて――」

「日本の大学は四月から始まると聞いた。新学期早々試験があるのか?」

「いやそれは、ぼくも大学を出て七、八年経ってますからよくわからないですけど、そういう大学もあるんじゃないかと」

「……では、インチェルの死体を確認したい」ジヒョンが苛ついた声で言った。「本国から正式に要請があったはずだ。死体はどこにある？」

「聞いています。ただ、現在検視中で、それが終わらないとお見せするわけにはいかないと……見たところでどうなるって言うんです？　顔写真でインチェルだということは確認済みじゃありませんか」

「それとこれとは話が違う。インチェルの死体を見せると警視庁は約束した。なぜ見せない？」

「そこはちょっと何とも……ぼくの立場だと、理由まではわからないですよ」

「なぜ約束を守れない？　捜査資料はどうなってる？　全部こちらに引き渡すことになっているはずだ」

「それがですね、何しろ日本語なもので」申し訳ありません、と陽平は頭を下げた。「ジヒョン警部補は、日本語をあまりお読みになれないんですよね。警視庁もそこを失念しておりまして、昨夜から翻訳に回しています。詳細な報告書なので分量もあります。一日二日では終わらないでしょう。今週中にはできると思いますが」

では何もできないというのか、とジヒョンが怒りを隠そうともせずに怒鳴った。

申し訳ないです、と深く頭を下げた。それしかできない。

「とりあえず、お台場に行ってみませんか」

「オダイバ？」

「今、外国人観光客の間で話題の観光スポットなんです。パンフレットをご用意しました」ご覧ください、と準備していたガイドブックやパンフレット一式をブリーフケースから取り出した。「大江戸温泉なんかいかがでしょう。最近できたスパは非常に人気が高くて、予約が殺到していますけど、管轄が湾岸署なのでいつでも最優先で利用できます。ヴィーナスフォートでショッピングもできますし、もし興味があるならガンダムの実物大立像も……」

ジヒョンの顔が朱に染まっていく。陽平はうつむいた。プレゼンは失敗だ。

「すぐにスミダコンウォンへ連れていけ。お前が案内しないというのなら、タクシーで行く」

そう言わずに、と止めようとした陽平に制服姿の中年女性が近づいてきた。ネームプレートに田代とあった。手に紙袋を持っていた。

「お客様、大変お待たせしました」田代がにっこり笑いながらジヒョンに紙袋を差し出した。「遅くなりまして、誠に申し訳ございません。クリーニング担当から、くれぐれもお詫びをと。ご注文のブラウスをお届けにあがりました」

なぜこんなに遅くなったのか、とジヒョンが不快そうに言った。申し訳ございません、と頭を下げた田代が紙袋を開いた。

「ブラウスのボタンが取れておりましたので、補修をしておりました。こちら、メイド・イン・コリアでございますね？　同じボタンが在庫になくて、取り寄せておりましたので時間がかかってしまいました。こちらの責任でございますので、料金はサービスということで結構です」

「同じボタン？」

「バランスがおかしいと見栄えがよくありませんので」田代が優しく微笑んだ。「当ホテルのクリーニング課には世界中のボタンを二十万点用意しているのですが、珍しい種類でしたので手間取ってしまいました。重ねてお詫び申し上げます。受領書にサインだけいただけますでしょうか。今からお出掛けということでしたら、お部屋に届けておきますが」

そうしてもらえれば助かる、とサインしながらジヒョンがうなずいた。悔しそうな表情になっていた。

では行きましょう、と陽平は先に立ってラウンジを出た。一矢報いた気分だった。

Chapter 3

リセット

1

ジヒョンを助手席に乗せて、シートベルトをお願いしますと言った。面倒だな、とつぶやきながら、ジヒョンが言われた通りにした。胸の谷間をベルトが押さえ、バストが強調される形になった。

「……どこを見ている」

「何も見てません」陽平（ようへい）は目をつぶったままエンジンをかけた。「ええと、どうしましょう?」

「何だ、それは。どういう意味だ」目を開けろ、とジヒョンが鋭（するど）い声で命じた。「いいからスミダクへ向かえ。インチェルの死体が発見された場所へ連れていけば、それでお前の仕事は終わりだ」

「ですから、墨田（すみだ）区内に連続殺人事件の犯人が潜伏（せんぷく）していて、広範囲にわたり立ち入りが禁止されていますので――」

さっさと行け、とジヒョンがダッシュボードを強く叩(たた)いた。わかりました、と陽平はホテルの地下駐車場から表に出た。隅田(すみだ)公園の住所をナビに入力すると、コースが設定された。

ジヒョンがそう言ってくるのは想定済みだった。上から話を通し、新蔵前(しんくらまえ)署の交通課に偽(にせ)の検問を張ってもらっている。

他の車両については一切止めたりしないが、陽平の車が通過することはできない。交通課の警官が追い返す芝居を打ってくれることになっていた。

小細工だが、それぐらいしなければジヒョンはいつまでも隅田公園に連れていけと言い続けるだろうし、下手(へた)をすれば自分一人で行きかねない。

陽平というより、有坂(ありさか)や遠山(とおやま)の判断だった。政治的配慮(はいりよ)ということになるのだろうか。

「わたしはこの国へ遊びに来たのではない」助手席で体を伸ばしながらジヒョンが言った。「インチェルの捜査に来たのだ。なるほど、お前が自慢するようにホテルは超一流だ。食事も素晴らしい。だが、そんなことはどうでもいい。現場にも行けなかったと報告したらどうなると？」

そりゃ大変でしょう、と少しだけ陽平は同情した。警察官に限った話ではないが、出張すれば多くの場合、会社に報告書を提出しなければならない。

何にもできませんでした、と書くわけにいかないというのは当然だろう。サラリーマンも公務員も、その辺りの事情は変わらないはずだ。

とはいえ、今回はサラリーマンとしての立場に配慮してはいられなかった。面倒事を避けるためには、ジヒョンの事情など考えていられない。

帰国直前にでも、短い時間だけ隅田公園へ連れていくつもりだった。体裁だけ整えておけばいいだろう。

「こちらは報告書の一部です」ダッシュボードを開けて、中のファイルを指した。

「すべてではありませんが、韓国語に翻訳しました。警視庁にも英語の通訳官はいるのですが、韓国語となるとなかなか……時間がかかると言われたのですが、何とか頭を下げて、ようやくこれだけ翻訳が上がってきたんです」

ジヒョンをこれ以上怒らせないため、有坂に頼み込み、大至急ということで翻訳作業を進めてもらっていた。ホテルへ向かう前に、本庁に寄って取ってきたばかりだ。五分の一ほどができただけだが、それで十分だろう。

どこの国の警察でもそうだが、報告書というのは事実の羅列だ。日付や時間、目撃者の名前などは、ジヒョンにとってほとんど意味をなさないはずだが、何もしていないのではないと示す必要があった。

「よくわからない」目を通していたジヒョンが、バッグにファイルを突っ込んだ。

「日本人の名前など、わたしには読めない。英語で表記してほしかった」

「すいません、そこまでは……韓国語への翻訳が精一杯で」

　仕方ない、と肩をすくめたジヒョンが横から手を伸ばしてクラクションを鳴らした。凄まじい音に、前を走っていたベンツが道を譲った。

「何ですか、いきなり」

「遅い。ドライバーは女か？」ジヒョンが横を走るベンツの運転席に目をやった。「そんな走り方をするなら、公道を走る資格はない。どいてもらう」

　それは無茶です、と陽平は抗議した。

「この車はぼく個人のものですが、警察車両として使う許可を取っています。あなたを乗せているのは警察の仕事なんです。つまり、今、この車は警察車両として走っているんです」

「それがどうした」

「確かに今のベンツは速度が遅かったですが、交通法規を違反しているわけじゃありません。いくら警察だって、道を空けろと命令する権利はありませんよ」

「警察車両の邪魔になっていてもか」

「緊急じゃありません。しかも、あんな大きな音でホーンを鳴らすなんて……明らかな迷惑行為です。ぼくが警察官だとわかったら、警視庁に市民からクレームが入るかもしれません。余計なことはしないでください」

ああいう車はイライラするんだ、とジヒョンが苦々しい表情を浮かべた。

「スピードが遅いという自覚はないのか。道を空けるべきだ」

「譲り合うのと、強制的にどかすのは話が違います。二、三台抜いたからって、結局は同じですよ。そもそも、日本では危険がない限り、あまりクラクションは鳴らさないんです」

「なぜだ」

「なぜって……うるさいじゃないですか」

考えたこともなかった。日本のドライバーは、そう簡単にクラクションを使用しない。それが常識だった。

「では、何のためにクラクションがついているのか」

「危険を知らせるためですよ。ある意味で、飾りに過ぎないんです」

呆(あき)れたな、とジヒョンが笑わずに言った。

「だからお前たち日本人は常識がないと……もういい。黙ってスミダコンウォンに行け」

交通課の偽検問まではあと一キロほどだったが、陽平は車を路肩に寄せて停まった。

「何をしている」

目をつぶったままジヒョンが言った。何なんだ、あんた、と陽平は怒鳴った。我慢の限界だった。

「失礼過ぎないか。日本人に常識はないだと？」

ジヒョンが顔を横に向けた。腕は解かない。

「こっちに言わせれば、韓国人の方がよっぽど常識がないね。あんた、階級が上なら何でもありだと思ってんのか？　おい、こっち向けよ」陽平はジヒョンの肘を摑んだ。「おれは平の巡査で、あんたは警部補だ。あんたの方が上級職なのは確かだが、何をしてもいいってわけじゃないだろう。韓国人っていうのは、そんなに礼儀知らずなのか？」

「馬鹿なことを言うな」ジヒョンが嘲るように笑いながら言った。「お前なんかに、礼儀がどうこうなどと言われたくない」

「だいたい、お前っていうのも違うだろう」陽平は顔をジヒョンに寄せた。「年はこっちの方が上なんだ。それなりの態度ってものがあるんじゃないのか。黙って聞いてりゃ調子に乗りやがって。最高級ホテルに泊めて、食事だって何だってできる限りのことをしている。超ＶＩＰ扱いだ。それでも文句があんのか？」

「誰も頼んでない」

「なめんなよ、いいか、教えてやる」日本には法律がある、と陽平は叫んだ。「あんたの国にもあるんだろう。だが、日本にはもっと重要なルールがある。礼儀だ。つまりマナーだ。韓国にはないんだろうな。自分のことばかりで、他人を思いやろうとしない。そういう国民性なんだ」

声が大きい、とジヒョンが顔をしかめた。

「わたしについて不満があるなら、それは聞く用意がある。だが、韓国国民のことを悪く言うのは止めろ。お前が感情的で、ヒステリックな男だというのはよくわかった。もういい」

「だから、お前って言うのを止めろ」どういうつもりだ、と摑んでいた肘に力を込めた。「偉そうなことばかり言いやがって。もうあんたの相手はできない。いいかげんにしろよ、この野郎。客だと思って丁重に扱っていたが、あんたも招かれている身だという自覚を持てよ」

もういい、とジヒョンが指を振った。そうだな、と陽平は切っていたエンジンをかけ直した。

言い過ぎたのはわかっている。ジヒョンが韓国からの客、しかも賓客であることは事実だ。客を怒鳴りつけていいはずがない。

だが、怒りを抑え切れなかった。クビになるかもしれないとわかっていたが、それならそれでいいと思っていた。

「あんたを本庁へ連れていく」車をUターンさせた。「おれについて、上に何でも言えばいい。礼儀知らずの無礼な馬鹿だとか、何とでもねじ込めよ。その通りだ。怒鳴ったりしたのは間違ってた。停職処分か、辞表を出せと言われるかもしれない。だが、それでもあんたの面倒を見る気はない。顔も見たくない」

「こっちもだ」

「日本と韓国の警察が揉めたって、おれの知ったことじゃない。だが、警察官の義務として、最後にあんたを警視庁まで送り届けてやる。あとは本庁のお偉いさんがどうにかしてくれるだろう。ちゃんとおれの代わりにあんたを案内する人間もつけてくれるから、心配すんな」

ジヒョンは窓から外を見つめているだけで、返事はなかった。断交状態だ。なるほど外交は難しい、と陽平は思った。

国家間の紛争が絶えないわけだ。個人対個人でもコミュニケーション不全になるのだから、国同士なら当たり前だろう。

責任は感じていたし、上にもきちんと話すつもりだった。もっと経験のある人間が代わりを務めてくれるだろう。

そもそも、有坂や遠山の人選にもミスがあったのではないか。若く、経験の浅い人間に担当させること自体が無理だったのだ。

「十分か二十分で着く」カーオーディオにつないだｉＰｏｄのスイッチに触れた。

「黙って乗ってろ」

軽快なＪ－ＰＯＰが流れ始めた。二十分もかからずに桜田門に到着するはずだったが、その間の沈黙に耐えられなかった。

同時に、どうでもいいという気持ちがあった。音楽ぐらい流して何が悪い。

「何を歌ってるのかわからない」

「ＳＥＫＡＩ　ＮＯ　ＯＷＡＲＩだ」黙ってろ、と吐き捨てた。「あんたに何がわかるって言うんだ」

「ＢＩＧＢＡＮＧの方がメロディアスだということはわかる」

知らねえよ、とつぶやいてハンドルを右に切った。曲が変わったが、ジヒョンは無言だった。不愉快そうに窓ガラスを指で叩いている。

その音を聞いているだけでイライラして、陽平はボリュームを上げた。流れ出してきた曲に合わせてハミングした。お気に入りの歌だ。

笑顔と歌声で　世界を照らし出せ　行くぜっ‼　Let's Go!!!

ももいろのハートを　狙い撃ち☆

「土日はよろしくね」小さく歌った。「週末ヒロインです」

「いっちょソバット」窓ガラスの外に目をやりながら、ジヒョンが口ずさんだ。

「あなたのそのハート、いただきます」

信号が赤になった。陽平はブレーキを踏んだまま、顔を左に向けた。

「……どうして知ってる？」

曲が流れ続けている。

「……わたしは〝モノノフ〟だ」

ジヒョンが答えた。マジか、と陽平はつぶやいた。顔を向けたジヒョンと目が合った。

2

「韓国の受験を知ってるか」

ジヒョンがフロントガラス越しにまっすぐ前を見つめた。厳しいらしいな、と陽平も同じように前を見ながら答えた。数台の車が通り過ぎていった。

「テレビで見たことがある。どこでも受験生は大変だよな」

大変なんてもんじゃない、とジヒョンの横顔に苦笑が浮かんだ。

「世界的に見ても、一番ハードかもしれない。韓国は学歴社会だ。大学で人生のすべてが決まると言っていい。そういう国なのだ」

「日本はそこまでじゃない」

「競い合うことが悪いとは言っていない」ジヒョンがため息をついた。「度を越していると思わなくもないが、努力するのが間違いだとも思ってない」

「そうかもしれない」

「わたしは努力した」努力したんだ、と繰り返しつぶやいた。「三年間、一日三時間睡眠で頑張った。高校時代、わたしは勉強とテコンドー以外何もしなかった。後悔はない。大学に入って始めた射撃でも、オリンピック候補選手になった。夢だった警察官にもなれた。それがわたしの人生だ」

「結構だね。日本じゃそれを勝ち組って言うんだ」

陽平は大きく伸びをした。お前にはわからない、と言ったジヒョンの苦笑が濃くなった。

「高校生の頃、テレビを見たのはトータルで十時間なかっただろう。ニュースでさえ見ることを禁じられていた。許されたのは天気予報だけだ。エンターテインメントの番組は一切見ていない。家と学校、そしてテコンドーの道場を往復するだけの毎日だった。友達もいなかったし、誰とも話が合わなかった」

「マジでか？　そりゃ酷い。つまらん人生だな」

感想を漏らした陽平に、お前にはわからない、とジヒョンが繰り返した。

「両親が厳しかったせいもある。大学の時もほとんど変わらなかった。ソウル大学を首席で卒業するのは、並大抵の努力では無理だ。勉強とテコンドー、それに射撃が加わった。時間が足りなかった。遊んでいる暇はなかったのだ」

ちょっとかわいそうになってきた、と陽平は肩をすくめた。

「おれ、そんな暮らし嫌だよ」

「両親も、大学も、周囲すべての人がわたしに期待していた。応えなければならなかった」

「あんたが責任感に溢れる人間だっていうのはわかるつもりだよ。それでどうした？」

「警察に入り、寮生活が始まった。生まれて初めて家を出た」ジヒョンの頬に微笑が浮かんだ。「それまでもパソコンは持っていたが、勉強以外に使うことは禁止されていた。寮の自室で、初めて自分のために使った。信じられないかもしれないが、その頃までパソコンでテレビを見ることができるのも、ユーチューブがあることも知らなかったのだ」

「エリートは辛いよな。世間知らずになるのも無理ないよ」

「わたしもそう思う。社会に出てわかったが、周りとコミュニケーションを取らなければならない。社会性を身につけなければならなかった。酒を飲んだり、カラオケに行くなど、付き合いも必要だ。何にも知りませんでは話にならない。ユーチューブで過去の韓国エンターテインメントを調べた。集中力はある方だ。K－POPを初めて聞いた。わたしと同じか、もっと若い子たちが歌い、踊っていた。純粋に驚いた」

「日本でも流行ったんだぜ。おれも嫌いじゃない」

ある意味、陽平の世代が日本でK－POPを発見したと言ってもいいかもしれない。

演歌ではなく、ポップカルチャーが韓国にも存在し、その水準が高いことを知り、熱狂的なファンが生まれるようになったのは、陽平もよくわかっていた。

「ネットサーフィンを繰り返すようになった。それまで何の情報も入ってこなかった人間にとって、それがどれだけ驚くべきことだったかは誰にもわからないだろう」ジヒョンがため息をついた。「ネット中毒になっていたのかもしれない。いろんな動画を見ているうちに、たまたま日本の歌番組を見る機会があった。そこに、ももクロが出ていたのだ」

白い頬にうっすらと赤みが差していた。両手を強く握りしめ、早口で話し続けた。

「どれだけ衝撃を受けたかは表現できない。曲、ダンス、すべてが完璧(かんぺき)だった。Ｋ－ＰＯＰアーチストなど、足元にも及ばないだろう。いや、世界中を探してもあれだけのグループはいないはずだ。繰り返し何度も見た。気がつくと、涙が溢れていた」

「……でも、あんたは日本人が嫌いなんだろ？」

そう言った陽平に、優れた芸術に国籍など関係ない、とジヒョンがダッシュボードを叩いた。

「日本人を好きではない。それは本当だが、優れたアーチストを認めないほど頑迷(がんめい)ではないつもりだ。ももクロのパフォーマンスは世界最高峰だ。人種も宗教も思想も歴史も関係ない。彼女たちがわたしにとって特別な存在だとわかった。心臓を鷲摑(わしづか)みにされたようなあの感覚を、今日まで忘れたことはない。素晴らしい」

夢見るような目で、一気に言った。それでどうした、と陽平は聞いた。

「あらゆるももクロの動画をチェックし、ＣＤやＤＶＤをアマゾンで買った」ジヒョンがうなずいた。「大統領警護チームに入り、仕事上必要だったこともあって日本語を学んだが、本当はももクロのために勉強した。あの子たちが何を言っているのか、直接知りたかった。すべてをわかりたかったのだ」

「ファン心理だな」

「何が悪い？　わたしはももクロが好きなのだ。日本人のことは嫌いだが、あの子たちは別だ」

「おれも韓国人は嫌いだよ」陽平は口を尖らせて言った。「昔のことをいつまでも引っ張って、恨み言しか言わない。謝罪しろ謝罪しろって、何をどうしてほしいんだ？　日本国民全員に土下座させたいのか？　言いたいことはわからなくもないけど、もっと前向きになれないのか？」

お前たちに何がわかる、とジヒョンが顔を背けた。わからんよ、と陽平は言った。

「しょうがないだろう、おれたちが生まれた頃、とっくに戦争は終わってたんだ。あんたたちにとってむかつくことがあったっていうのは本当なんだろうし、怒ったり非難したりするのも無理ないと思えるところもある。だけどさ、それを言ってたら、いつまで経っても関係性は変わらないと思うけどな。どっちが正しいとかどっちが間違ってるとか、もういいじゃないの。昨日の話はわかったよ。明日の話をしようぜ」

「……わたしの祖父は日本軍に殺された」ジヒョンがぽつりとつぶやいた。「もっと酷いこともあったのだろう。嫌っていると言ったが、そうではない。恨み、憎んでいるのだ。そうさせたのはお前たち日本人だ」

「そういう言い方は止めようぜ。あんたらがおれたちを恨んでるのはわかったって」陽平は軽く片手でジヒョンを拝んだ。「むかつく気持ちはわかるよ。日本と韓国は隣国だもんな。マンションだって何だって、隣の部屋に住んでる奴がでかい音で音楽でも流してたら、そりゃイラッとするよ。昔のことを恨みに思うのは、一番近い隣の国だからなんだろう。忘れられない恨みってのはあるよな」

「そういう側面もあるのは認める」

「だけどさ、もういいんじゃねえか？　お互いリセットしようと思わないか？　嫌いで結構だけど、いつまでも言い争うのはガキのすることだぜ」

「お前たちにはわからないのだ」

ジヒョンが頑なに繰り返した。陽平はしばらく無言でいたが、車のキーを右に捻った。

「じゃあ、しょうがねえな。話は終わりだ」

「そのようだ」

「警視庁へ連れていってやる。上に頼んで、あんたの希望を伝えるから、インチェルの捜査でも何でもすりゃあいい」

「そのつもりだ」

「最後にひとつだけ、言いたいことがある」ウインカーを出した。「おれ、少女時代のユナちゃんは可愛いと思うよ。これはマジだ。一回でもユナちゃんとデートできたら、死んでもいい」

後方を確認しながらアクセルを踏んだ。車が走り出す。

「お前のような男と、ユナがデートなどするわけがない」

ジヒョンが吐き捨てた。そんなことはわかってる、と陽平は答えた。

だが、とジヒョンが囁いた。

「気持ちはわかる。わたしはももクロと話せたら、それで人生が終わってもいい」

コーヒーでも飲むか、と陽平は車のスピードを落とした。いいだろう、とジヒョンがうなずいた。

3

銀座四丁目のオープンカフェで、陽平はジヒョンと向き合って座った。テラス席に春風が吹き込んでいた。

オーダーをしたジヒョンが、インチェルについて何を知っているのかと聞いた。

詳しいことは何も、と陽平は首を振った。

「韓国の麻薬王だと聞いてる。ろくでもない奴らしいな」

最悪だ、とジヒョンが答えた。

「公衆の敵ナンバーワンだと、我々は考えている。絶対に表に出ないが、韓国内で起きている犯罪の四〇パーセントがインチェル絡みだと考えていい。裏で糸を引いているのは奴なのだ。極悪非道を絵に描いたような最低最悪のカンペだよ」

「いったい何をしたんだ？」

「北朝鮮と中国から覚醒剤を大量に密輸した」ジヒョンが運ばれてきたアイスティーをひと口飲んだ。「女子供にまで売り付けた。小学生にまでだぞ。主婦や老人にもだ。あっと言う間に国中に蔓延し、中毒患者が通りに溢れた。禁断症状に苦しむ者は、爆発的な勢いで増加している。金がない者たちは犯罪に手を染めるしかなくなった。国内の犯罪件数は倍々ゲームで増えている」

「そりゃずいぶんだな」

「それだけじゃない。数年前からインチェルは合成麻薬スピードカムの製造に成功し、安価で国民に売るようになった」眉間に指を当てたジヒョンが強く押した。「価格は半分、効果は四倍以上だ。どんなことになるか、想像もつかない」

「想像したくもないね」

陽平はアイスコーヒーにミルクを入れてかき回した。グラスの中で渦を巻いて溶けていく。

「政治家や警察にもインチェルはパイプを持っている」ジヒョンが説明を続けた。「我々も手をこまぬいて放置していたわけではない。僅かな情報を頼りに、インチエルが立ち会うはずだった取引の現場を急襲したこともある。一度は証拠を摑んだことさえあったのだ。だが、政府の圧力や警察内の密通者によって証拠を消され、結局インチェルを取り逃がしてしまった」

「腐った警官はどこの国にでもいるよな」

「スピードカムの製造に成功してからは、なおさらだ」ジヒョンが暗い顔になった。「インチェルはカンペになる前、大学で化学と医学を学んでいる。ある意味でエリートだった男だ。その能力を駆使し、化学物質を合成することでスピードカムを作り上げた。材料は安価で、入手も容易だ。しかも、製造するために広い場所を必要としない。最強の麻薬なのだ。二年ほど前から、インチェルは韓国国内に製造工場を作ったという噂もあるが、どこなのかはわかっていない。流通ルートも不明だ」

「そりゃずいぶん……大丈夫なのか、あんたの国は」

陽平は本当に心配になった。そんな麻薬が国内で大量に流れているとしたら、何が起きてもおかしくないだろう。

「我々もそう思っている。インチェルはやり過ぎている。一年半前、大統領の秘書官が妻を刺殺した事件があった。スピードカムの幻覚作用によるものだ。妻の体は七つに切断されていた」

「まともじゃないな」

「ひとつ間違えれば、秘書官は大統領をバラバラにしていたかもしれない」ジヒョンが唇をすぼめた。「その事件があって、スピードカム撲滅とインチェルの逮捕がソウル警察の絶対的最優先事項になった。わたしもそのメンバーだが、専従班が編成され、徹底的な捜査が始まった。昨年、ようやくインチェルの容疑が固まり、逮捕に向けて動いていた。状況を察して奴は逃げたが、もう一歩で捕まえることができたんだ」

「逃亡先が日本だったってことか」

それだけではないのかもしれない、とジヒョンが首を捻った。

「インチェルが製造したスピードカムは、韓国国民の半分を中毒患者にするだけの量があった。過剰であり、飽和状態だった。奴は販路を海外に求めるしかなかった。隣国である日本でも、スピードカムを売るつもりだったのかもしれない」

「なるほど」

「これはわたしの考えなのだが、インチェルは日本にスピードカムの製造工場、流通ルートを作ろうとしていたのではないか」ジヒョンがストローの端を噛み潰した。「日本でも麻薬を売買している者はいるだろう。日本人がスピードカム中毒になっても、それは個人の責任だと言いたいところだが、そうではないとわかっている。インチェルは悪辣過ぎるのだ。子供、女、老人、見境なしだ。スピードカムの威力は凄まじい。中毒性も異常に高い。韓国でもそうだが、スピードカムを手に入れるためなら、四歳の子供だって人を殺しかねない」

「そんな馬鹿な……本当か？」

　本当だ、とジヒョンがうなずいた。

「真っ先に犠牲になるのは弱者だ。韓国でも日本でも、その事情は変わらないだろう。第二の阿片戦争が始まる。最悪の犯罪だ。許すことはできない。日本人は嫌いだと言ったが、女子供は関係ないだろう。世界中の警察官の基本理念は、弱い立場にいる者を護ることだ。それは警察官の絶対の義務だ」

「珍しく意見が合ったな。おれもそう思うよ」

乾杯しよう、と陽平はアイスコーヒーのグラスを高く掲げた。冗談じゃない、とジヒョンが首を振った。

「インチェルの死が事故なのか、殺人なのか、それはまだ確定していないとお前は言ったな」

「九九パーセント事故だと聞いてる」

「そうかもしれない。だが、もし殺人だったらどうなるか。犯人がいるということになるが、考えられるのは内輪揉めだ」

当然だな、と陽平はうなずいた。洋の東西を問わず、暴力団関係の人間が殺された場合、内部の人物を疑うのは警察の常識だろう。

「組織のトップであるインチェルを殺害し、スピードカムと流通ルートを独占しようと考えた奴がいる」正体がわからない分、インチェルより始末が悪いとジヒョンが言った。「そいつもインチェルと同じように、日本中にスピードカムを流すつもりだろう。日本人全員を中毒患者にして、巨利を貪ろうとしている。今の段階では日本人か韓国人か、それもわからないが、そんな奴を放置しておくわけにはいかない」

「事故死だとしても、誰かがインチェル・ルートを引き継ぐ」陽平は指を鳴らした。「インチェルの死とは関係なく、日本中にスピードカムを撒き散らそうとするだろう。そんなことになったら大変だ」

「日本という国家が滅びる」ジヒョンがうなずいた。「それでもいいと思うか」

思わない、と陽平は首を大きく振った。

「おれだって市民を護りたい。モノノフのあんたがそう言うのなら、同じモノノフとしておれも信じる。事故でも殺人でも、どちらにしてもインチェル・ルートをぶっ潰さなけりゃならないようだ。日本人も韓国人もない。モノノフとして協力しよう」

差し出した手を、ジヒョンが強く握った。

4

ホテルに戻り、陽平はスイートルームのソファに足を投げ出して座った。着替えを済ませたジヒョンがベッドルームから戻ってきた。黒のブラウスの上からベージュの薄いカーディガンを羽織(はお)っている。

「おれは男で、あんたは女だ」

陽平の言葉に、当たり前のことを言うな、とジヒョンがテーブルに腰を下ろした。

「お前は巡査で、わたしは警部補だ」

「おっしゃる通りだ。あんたはエリートで、おれは総務部上がりで経験不足の刑事に過ぎない。ついでに言えば、言葉も文化も習慣も違う」

「その通りだ。だが、警察官には変わりない。わたしは犯罪と犯罪者を憎んでいる。お前はどうだ」

「同じだ。犯罪なんかない方がいいに決まってる」

陽平はカバンから捜査資料一式を取り出した。既に一部はジヒョンも読んでいるが、大部分は韓国語に翻訳されていない。日本語が読めないジヒョンのために、陽平が説明しなければならなかった。

「コピーだが、写真もついてる。見ながら、おれの話を聞け」

わかった、とジヒョンがソファに移った。陽平は座り直し、最初の頁から、事件の日付、死体が発見された時間、場所などの基本情報を教えていった。

ジヒョンもわかっているはずだったが、段階を踏んでいるのだと理解しているのか、黙って耳を傾けていた。概略を説明するのに、十分ほどかかった。

「確かに、聞いている限り不自然な状態ではないようだ」ジヒョンがうなずいた。

「日本の警察が事故死と判断したのは無理もない話だな」

「こっちが検視報告書だ。結論から言うと、直接の死因は溺死。暴力の痕跡は認められない」陽平は別のファイルを読み上げた。「言いたいことはわかってる。数人掛かりでインチェルを押さえ付け、運んできた隅田川の水で溺れさせれば、事故か他殺かはわからないってことだろう。その通りだが、そこは検視官でも判断が難しい。ただ、腕や足などを縛り上げた跡がないのは確かだ」

「ビニールのロープなどで縛れば、跡は残りにくい」ジヒョンが写真を見るために身を乗り出した。「だが、検視官が判断できないというのはそうだろうな。うまくやれば、洗面器一杯の水でも溺死を装うことは可能だ」

「かもしれない。水質を検査したところ、インチェルの肺の水は間違いなく隅田川のものだった。他殺を証明することはできない……何だ？」

「何を見てる」

「何だって？」

「いやらしい男だな、お前は」ジヒョンがブラウスの第一ボタンをはめた。「知ってるぞ。日本語ではスケベと言うらしいな。何という恥ずかしい語感だ。お前にぴったりだ」

「何だと、この野郎。そんな胸元の空いた服を着てる方が悪い」慌てて陽平は目を逸らした。「見たいわけじゃなく、目に入ってきたんだ。ボタンぐらいちゃんとはめとけ。育ちがわかるぞ」

「正直に言え。見たんだな？」

「見たというのは、意識していたかということだな？　そんなわけないだろう。たまたま目を向けたところにあんたのブラが――」

痛い、と陽平は頭を抱えた。上からジヒョンがクッションで何度も殴りつけた。

「止めてください、わたくしが悪うございました」

平謝りした陽平から離れたジヒョンが、向かい側のソファに腰を落ち着け、ローテーブルに報告書の写真を並べた。

「遺留品はこれだけか」

「本人が身につけていたものは、そこの写真に全部写っている」頭をガードしながら陽平は答えた。「財布とかそんなものだな。その後の調べで、インチェルが通っていたバー、キャバクラなどがわかった。あの日、奴が相当に飲んでいたのは間違いない。死体からも大量のアルコールが検出されている。警察としては、インチェルが酔っ払い、隅田川の橋を渡った際に転倒あるいは転落し、水を飲んで意識不明になり、そのまま溺死したと考えている」

「足取りは？　どこからどうやってスミダコンウォンに来た？　何時頃だ？」

「バーなどを回っていたのは確認できた。すべて墨田区内にある店で、一人で飲んでいたのも間違いない。三軒目のキャバクラを出た時、かなり酔っていたのは店員の証言もある。店の前からタクシーに乗ったことがわかっているが、タクシー会社、運転手などは、今調べている」

「時間は」

ジヒョンが鋭い声で聞いた。取り調べかよ、と陽平は苦笑した。

「キャバクラを出たのが夜十一時過ぎ、死亡推定時刻は深夜二時から三時前後」

「その三、四時間の間、奴は何をしていた？　どこにいたんだ」

「不明だ。タクシーを降りたのかもしれない。泥酔して公園内のどこかで寝てしまった可能性もある。酔っ払ってわけがわからなくなる奴は、韓国人にも多いだろう」

「否定はしないが、わたしには理解できない。酒は飲まないからな」

「気づいたら朝だった、なんてことはよくある」時間の感覚なんてなくなるさ、と陽平は頭を掻いた。「三時間なんてあっと言う間だ。酔いを醒まそうと歩いていて足を踏み外し、川に転落したということも十分に考えられる」

「インチェルはそんな間抜けな男ではない。つまり、三、四時間空白があるということだな？　その間に誰かが奴を拉致し、事故に見せかけて殺害したのかもしれない」

「考えられなくもないが、目撃者はいない」陽平は首を振った。「拉致された証拠もないし、他殺を証明するのは難しいぞ」

そうだな、と立ち上がったジヒョンがテーブルの周りを歩き始めた。

「インチェルはどこへ向かおうとしていたんだ？」

「酔っ払いの心理は万国共通だ。家に帰ろうとしたんだろう。帰巣本能ってやつだ」

不思議なもので、意識がなくても家には帰れるんだと陽平が言った。ジヒョンが首を傾(かし)げた。

「自宅はどこだ?」

「インチェルは偽装(ぎそう)パスポートで日本に来ている。ビザは不要だから、日本での住所を届ける義務はなかった。おれと同じ八係の刑事によれば、複数のホテルに宿泊していることがわかった。今のところ判明しているのは、赤坂と池袋、新大久保だが、一カ月単位で宿泊している。金は支払済だった」

「ホテルの部屋は調べたのか」

「当然だ。着替えなどが見つかったが、それだけだ」陽平はメモを確かめた。「不審な点はないし、違法行為をしていた様子もない。覚醒剤どころか、マリファナ一本なかった。きれいなものだ」

わからない、とジヒョンが長い髪の毛を払った。

「いや、ホテルを利用していたのはわかる。インチェルは韓国でも自分名義の家を所有していなかったし、ホテルを使うことも多かった。家宅捜索(かたくそうさく)をされたくないという理由もあったのだろう。だが、アジトを持っていたことはわかっている。日本ではそれさえ持たなかったのか? もっとわからないことがある。パソコンは? 通信手段は?」

「パソコンは見つかっていない。連絡のために架空名義の携帯電話を持っていたんだろう。あんたに言われるまでもなく、インチェルは日本に仲間がいたはずだ。そいつらに調達させたのなら、調べることはできない。インチェルの死体のポケットなどから携帯電話は発見されていないが、転落した際川に落としたとすれば、探すのは難しい」

「電話についてはそうだろう。だが、パソコンがないのはなぜだ？ 顧客リストを持たなければならなかったはずだが」

「今はスマホでも管理できる。タブレットだってある」

「何千人、あるいは数万人にも及ぶリストだぞ。小さなタブレットの画面で確認できると思うか？」ジヒョンの目が細くなった。「データをまとめるためにも、パソコンが必要だっただろう。それはどうしていたんだ？」

わからない、と陽平は肩をすくめた。インチェルが不審な行動を取っていたのは明らかだ。住所不定のまま、日本と韓国を偽装パスポートで何度も行き来している。

それだけ取っても犯罪者であり、ジヒョンに言われなくても、後ろ暗いところがある人間だったのは明白だ。

だが、何をしていたのかは今のところわかっていない。どんな組織があり、何を企んでいたのか、それは闇の中だ。

もちろんジヒョンの推測通り、間違いなく覚醒剤に関係する取引をしようとしていたのだろうし、場合によっては日本国内で製造、販売までやろうとしていたのかもしれないが、証拠は何ひとつないのだ。

そしてインチェルは死んでいる。他殺であれ事故死であれ、インチェルの計画を引き継ぐ者がいたはずだが、誰なのか調べることは現状では不可能だった。

「わかった。あんたに現場を見てもらおう」陽平は立ち上がった。「日本の警察が徹底的に調べている。何かあるとも思えないが、現場百遍という言葉もある。何かわかるかもしれない」

「ゲンバヒャッペン？」

「日本の諺（ことわざ）だ」適当に答えて、バッグに捜査資料を突っ込んだ。「ぼさっとすんな、さっさとしろ」

「スミダクは立入禁止ではなかったのか」

「検問は解除された。文句言うな、見たいんだろ？」

うなずいたジヒョンの肩を軽く叩いて、陽平は先に部屋を出た。触るな、とジヒョンが冷たい声で言った。

5

隅田公園の桜は散っていた。地面に白い花びらが雪のように積もっている。

惜しかったな、とつぶやきながら陽平は先に立って隅田川へジヒョンを案内した。

「もうちょっと早ければ、日本の桜を見ることができたんだが。韓国にも花見の習慣はあるのか？」

「ソメイヨシノの原産地は韓国だという説もある」ジヒョンが答えた。「花見の文化は韓国にも根付いているが、わたしは興味がない。桜の木の下で酒を飲んで、何が楽しいというのだ？」

「あんたの欠点は侘(わ)び寂(さ)びがないことだ」ここだ、と陽平は川沿いの遊歩道の先を指さした。「インチェルの死体はこの辺りで発見された。写真にもあるだろう。うつ伏せで浮かんでいたんだ」

そのようだ、と資料の写真を見比べながらジヒョンが言った。

「見つけた学生は驚いただろうな」

「ついてないことは誰にだってある」陽平はうなずいた。「何かわかったか」

「来たばかりだ。わかるわけないだろう」ジヒョンが川に目を向けた。「インチェルはどこから川に落ちたんだ？」

「場所は特定できていない。ここから上流一・五キロほどを調べたが、滑り落ちたような跡はなかった。橋から落ちたと言ったが、それは可能性が高いというだけの話で、遊歩道から転落したのかもしれない。いずれにしても、どことは言えないんだ」

「上流からここまで流されたというのは間違いないのか。なぜここに浮かんでいた？」

「流されてきた可能性が高い、と捜査資料に記載されている。そこに生えている川の草に足が絡まっていたんだ。流れは緩やかだし、どこかに体の一部が引っ掛かれば、それだけで止まったかもしれない」

ジヒョンが視線を左右に向けた。何もない、とつぶやきが漏れた。当然だろう、と陽平はうなずいた。

「周囲五百メートル圏内はすべて調べた。死体を発見したのは大学生だが、それまでもこの付近を人が通りかかった可能性はある。ただ、写真でもわかると思うが、インチェルの死体はうつ伏せで、見たとしてもそれが人間だとわかったかどうかは何とも言えない。そんなに目立つ格好をしていたわけでもないしな」

そのようだ、と写真と川を見つめながらジヒョンが言った。隅田川そのものを照らす照明はない。

インチェルが死んだのは夜中で、川に浮いている死体を通りすがりの人間が見つけるのは難しかっただろう。

大学生が発見した時、陽は昇っていた。それまで見つからなかったのは、状況から言って当然のことだった。

「他殺と考えたくなる気持ちはわかる。だが、状況だけで言えばちょっと厳しい」

陽平は肩をすくめた。「死体を引き上げた時、警察官が川に入っている。そのために足跡が残ったりしているが、それ以外に争ったような形跡はなかった。他の場所から流されてきたとすれば、そこに何かが残っているかもしれないが、今のところ警察としては事故死だと……」

どうした、と陽平は顔を上げた。写真を見てくれ、とジヒョンが手招きした。

「ここに青い紙がある。わかるか」

死体から一メートルほど離れた水面に青い何かが浮いていた。今、目の前にある川には何もない。ゴミだろう、と陽平は言った。

「見てみろ、この川は決してきれいじゃない。マナー違反だが、ゴミを不法投棄する奴もいる。別に珍しくはない」

「絵が描いてあるように見える」ジヒョンが写真を指さした。「拡大できないか」

「できないことはない」陽平はポケットからタブレットを取り出した。「写真のナンバーは32か。ちょっと待て、捜査資料のファイルを呼び出そう」

紙の資料として捜査報告書を持っていたが、データそのものも八係から送られてきていた。32とナンバリングされている写真データを指定し、アップにした。

「猫か？」陽平は首を捻った。「動物のイラストだな」

「レゾンブルーだ」

「レゾンブルー？」

煙草だ、とジヒョンがうなずいた。それがどうした、と陽平は言った。

「煙草のパッケージってことだろ？　それぐらい川に落ちてても普通だ。そこまで日本人のモラルが高いとは、さすがに言えない」

「レゾンブルーは韓国煙草だ」

ジヒョンがしかめっ面になった。それだっておかしくはない、と陽平はファイルをめくった。

「インチェルの煙草なんだろう。ほら、検視報告書のここに、インチェルの歯に黄色いヤニが付着していたとある。奴が吸っていた煙草のパッケージが破れてこんなふうに――」

そんなわけはない、とジヒョンが鼻に皺を寄せた。

「インチェルは半年前から禁煙していた」

「禁煙？」

「わたしたちの調べでは、インチェルは半年前に気胸(ききょう)で病院に運ばれている。自然気胸で、すぐ症状は落ち着いたが、医師に忠告されて喫煙(きつえん)を止めた。禁煙治療もしていたから間違いない」

「じゃあ、これはインチェルの煙草じゃないって言うのか？」

陽平は拡大した写真を睨(にら)んだ。ジヒョンがうなずいた。

「絶対だ。インチェルの意志の強さは普通じゃない。禁煙すると決めたら、一生煙草は吸わない。そういう男だ」

「だとしたら、これは何だ？　どうして韓国煙草が現場の川にある？　まさか……」

陽平は写真を改めて見直した。そうとしか考えられない、とジヒョンが答えた。

「第三者がここにいたんだ。そいつは韓国煙草のレゾンブルーを吸っていた」

「第三者っていうのは、つまりインチェルを殺した犯人か？　韓国人なのか」

「その可能性が高い」

待て、と陽平はタブレットを開き、レゾンブルーの検索を始めた。

「……ジヒョン、そうとは限らない。レゾンブルーは日本でも買える。どこでもというわけじゃないが、専門の輸入店なら購入できると書いてある。それに、韓国人から貰(もら)ったのかもしれない。犯人が韓国人ということにはならないだろう」

　断言したつもりはない、とジヒョンが首を振った。

「だが、偶然ではない。韓国人マフィアの死体が浮いていた川に韓国製の煙草が落ちていた。被害者が吸っていたものではない。第三者がいたんだ。当然、その人物がインチェルの死に何らかの形で関与していたことになる。だいたい、インチェルが泥酔して川に落ちるなど、考えられない話だ」

「殺したのかどうかは別にして」誰かがここにいた、と陽平は辺りを見回した。

「どこか違う場所から、ここへ死体を運んで、川に落とした。その時、レゾンブルーのパッケージが破れた。暗かったから、自分ではわからなかった。そう考えれば辻褄(つじつま)が合う。死体はここへ流れ着いたんじゃなくて、ここに置かれた。だから流れていかなかったんだ」

「そういうことだろう」

　答えたジヒョンのポケットから着信音が聞こえた。韓国語で答えていたが、最後にうなずいて電話を切った。

「どうした？」

「上司からだ」ジヒョンが言った。「帰国命令が出た」

「帰国命令？」

問いかけた陽平を追いかけるようにして、スマホが鳴り始めた。

6

陽平は隅田公園を出て、ジヒョンを車に乗せた。駐車場から表通りに出ると、何十台もの車が行き交っていた。

正式な結論が出たそうだ、と陽平は自分のスマホを指さした。

「有坂係長の話だと、インチェルの死は事故死だ。科捜研で詳しくインチェルの体を調べたが、やはり他殺とは考えられない。これは刑事の勘とか、そういう話じゃない。きちんとした科学的な裏付けが取れたんだ」

「わたしの上司もそう言っていた。警視庁から連絡があったそうだ」ジヒョンが唇を強く嚙んだ。「インチェルの死体は、数日中に韓国へ送られてくることになった。遺留品なども含め、捜査報告書も今日明日中に別送すると……一旦、帰国しろという命令だ」

「帰るのか？」

そうするしかない、とジヒョンが窓の外に目を向けた。

「日本にいても仕方ない。もちろんインチェルは犯罪者だ。死んだとしても、そのしようとしていたのかも調べなければならない。韓国にあるインチェル・ルートの摘発、そして日本で何をしようとしていたのかも調べなければならない。それについては今後、韓国と日本の警察が協力しなければならないことも出てくるだろう。わたしがもう一度日本に来る必要もあるかもしれない。だが、今は帰国して国内の捜査を優先するべきだと上司は言っている。明日の飛行機で帰国しろということだ」

「警察では上の命令は絶対だからな」陽平はハンドルを左に切った。「そりゃ仕方がない……と言いたいところだが、あんたはどう思ってるんだ？　インチェルは事故死なのか？」

「科学捜査がそう結論を出したとお前は言った」

「おれ、中学の時から理科系が苦手なんだ」あんたと違って、成績優秀なわけじゃなかったからなと陽平はつぶやいた。「科学捜査より、自分の勘を信じる」

「お前の結論は？」

「事故死だと思ってたが、あんたの見つけた煙草の件がある。隅田川にレゾンブルーのパッケージが落ちてるはずがない、韓国マフィアの死体の側に、そんなものがあってたまるか。偶然じゃ片付けられないだろう」

「そうだ、偶然ではない」ジヒョンがうなずいた。「インチェルは煙草を吸わない。誰かがいたのだ。そうである以上、インチェルの死に何らかの形で関与していたと考えられる。事故死という結論は間違っている。巧妙（こうみょう）に偽装された殺人なのだ」

「だったらどうする？」

「帰国命令を無視する」ジヒョンがスマホの電源をオフにした。「インチェルは殺された。流通ルートを乗っ取り、日本をスピードカムで汚染しようと画策している者がいる。そいつが犯人だ。絶対に逮捕する。お前も協力しろ」

陽平はハザードをつけて車を道路の脇に停めた。

「協力してもいいが、お前と言うのを止めろ。前から言おうと思ってたが、何で上から目線で話すんだ？　おれの方が年上なんだぞ」

「お前はお前だ。お前は巡査で、わたしは警部補だ。誰が見たってお前よりわたしの方が上だ」

「今、お前って四回言ったぞ。韓国人は礼儀知らずだな」

「下級職にはそれなりの言葉で話せと教わった」

「なめんなよ、馬鹿野郎。階級の問題じゃないだろう」

陽平が伸ばした手をジヒョンが素早く払った。

「触るな、汚い手をどけろ。わたしは名誉ある韓国警察に奉職する警察官だ。暴力を行使しようとするなら、対応せざるを得ない」

「小難しい言葉を使うな。生意気なんだよ、表に出ろ。ぶっ飛ばしてやる」

「本気で言ってるのか？ 上等だ、相手になってやる」ジヒョンがドアを開けて素早く外に出た。「失礼な奴だ。体で教えてやった方が早い」

「それはこっちのセリフだ」

陽平も車から降りた。ルーフ越しにお互いを見やる。ジヒョンの目から凄まじい気が迸(ほとばし)っていた。

「やるのか」

当たり前だ、とジヒョンが答えた。

「最初から気に入らなかった。どちらが上かはっきりさせよう」

「どこまでも生意気だな。おれはそういう女が一番嫌いなんだ」

最初から虫が好かなかった、と陽平は吐き捨てた。生まれも人種も違う。習慣も文化も違った。許せないことだらけだ。

腹が立つ、むかつく、気に食わない。だけど、こんなことしてる場合じゃない。

大きく息を吸い込み、窓から手を入れてｉＰｏｄに触れた。曲が流れ出してきた。

いい加減 揉めてる場合じゃねー

仲良くするっきゃねー
それっきゃねー

堂々平和宣言、とジヒョンがつぶやいた。名曲だ、と陽平はうなずいた。

「座って話そう」運転席に戻って座り直した。ももクロの曲が流れている。「おれたちが揉めてる場合じゃない。小さなことはどうでもいい。違うか」

続けろ、と助手席のシートに体を埋めたジヒョンが促した。

「スピードカムが日本に蔓延したらどうなる？　日本だけじゃなかったら？　韓国を手始めに、中国や台湾、全アジアを覆い尽くしたら？　あんたが言うように、誰でも入手可能な材料で簡単に作れる麻薬なら、模倣品も出回るだろう。あっと言う間に世界中に広がるかもしれない」

「その通りだ。効果は覚醒剤の四倍とも言われている」ジヒョンが言った。「習慣性は十倍、中毒患者になったら、徹底的な解毒療法を用いても一年以上社会復帰できないだろう」

「そんなことになったらマジでマズい。絶対に止めなきゃならない」

「同意する」

「だが、あんたは日本のことをわかっていない。会話こそどうにかできるが、日本語もろくに読めない。電車の乗り換えもできない奴がどうやって捜査する？　地理だってわからないだろう。おれがいなけりゃ、身動きは取れない。ここは黙っておれに従え」

「お前はインチェルのことを知らない」ジヒョンが口を開いた。「わたしは何年も奴のことを調べてきた。知識と経験がある。インチェルを殺した犯人は韓国人の可能性が高い。お前は韓国語を話せない。どうやって犯人を逮捕するつもりだ」

睨み合っていた陽平とジヒョンは、同時に肩をすくめた。

「わかった。結論から言おう」陽平は言った。「お互い助け合って捜査するしかない」

「そのようだな」

「個人的な感情は捨てよう。目的は同じだ。インチェル殺害犯を逮捕する」

「スピードカムの流通ルートを押さえている連中を、全員刑務所に叩き込む。韓国からも日本からもスピードカムを一掃する」

ジヒョンが差し出した手を陽平は握った。激しく同意、と二人が首を縦に振った。

「上司のパク治安監には休暇を申請する」手を離したジヒョンが微笑んだ。「インフルエンザにかかったと言えば、数日帰国が遅れても文句は言わないだろう」

「おれも有坂係長に話す」陽平は車のエンジンをかけた。「大丈夫だ、あの人は堅いこと言わない。説明すればわかってくれる」

いい上司だな、とジヒョンがつぶやいた。まあまあだよ、と陽平はクラクションを鳴らして、アクセルを踏み込んだ。

Chapter 4 家宅捜索

1

そのまま、陽平は桜田門の警視庁に向かい、ジヒョンはタクシーでホテルに戻った。お互い、上司を持つ身だ。独断で行動はできない。

だが、陽平が本庁に戻ると、既に有坂以下八係の刑事たちはいなかった。さすが仏の有坂だ。

警視庁内に定時の五時で帰る部署はないが、八係だけは例外だった。簡単なメモだけ残して帰宅した。

翌朝八時、ランドクルーザーで大東ホテルへ迎えに行くと、エントランスでジヒョンが待っていた。よほどせっかちらしい。

どこから始める、と助手席に乗り込んだジヒョンが言った。そう言われても、と陽平はハンドルを握り直した。

「インチェルの死が他殺だったと仮定すれば、当然犯人がいることになる。いったい誰が奴を殺したのか」ジヒョンがシートに深く身を沈めながら、自分のスマホを開いた。「お前に教えてやるが、犯人は利益を得るために殺人という行為を犯す。つまり、インチェルを殺して最も得をするのは誰かということだ。これは万国共通の真理で――」

「上から目線は止めろ」陽平はクラクションを軽く鳴らした。「そんなことは常識だ。誰だって知ってる。問題はインチェルが死ぬと、どんな得があったかってことだ」

「インチェルが構築しようとしていた日本国内のスピードカム流通ルートを、犯人は乗っ取ろうと考えたのだ」間違いない、とジヒョンが断言した。「これには韓国からの密輸入ルートも含まれる。更には日本におけるスピードカム製造についても同様だ。つまり、犯人はインチェルに協力していた仲間だったが、奴を裏切ってスピードカムに関するすべての利益を奪おうとした」

「考えられるな」

「最初からわかっていたことだが、インチェルには協力者がいた」そうでなければならない、とジヒョンが言った。「なぜなら、日常会話レベルならともかく、奴はそれほど日本語が堪能なわけじゃなかった。何度も来日しているし、長期滞在もしていたが、誰かがケアしなければ生活はともかく、スピードカムに関するビジネスなどできなかっただろう。数カ月単位で日本で暮らしていたが、その間ずっとホテル住まいだったとも思えない。マンションなり何なりを借りなければならないはずだが、どうやって不動産業者と交渉した？　そういうことも含め、奴には協力者が必要だったのだ」

「同意」

「韓国から資金も持ち込んだだろう。奴はスピードカムの製造法を確立し、すべてのノウハウを持っていたが、自分で直接売り歩くことはできない。カタコトで麻薬を売り付けようとする韓国人がいても、誰も買いはしないだろう」

「当たり前だ」

「だいたい、あの男は病的なまでに疑（うたぐ）り深く、神経質だ。徹底的（てっていてき）に身分を偽装（ぎそう）していたはずだが、正体が露見（ろけん）することを恐れただろう。自分で何もかもやったとは思えない」

「なるほど」

「それだけ考えても、協力者がいたのは間違いない」ジヒョンが話を続けた。「そうなると可能性はひとつ、日本国内に居住するコリアンマフィアと手を組んだのだ」

「そうとは限らないんじゃないか？」陽平は首を捻（ひね）った。「日本の暴力団と提携（ていけい）したのかもしれない」

意外と鋭いことを言うな、とジヒョンが目を細くした。

「確かに、この国におけるコリアンマフィアの勢力は決して大きくない。独力では難しかったかもしれない。お前が言う通り、コリアンマフィアの仲介で日本の暴力団と手を結んだ可能性はある。インチェル、コリアンマフィア、ジャパニーズヤクザ。スピードカムで奴らは繋がった。そう考える方が自然なようだ」

「よく知らないが、韓国のヤクザっていうのはどうなんだ？　日本は暴対法なんかもあって、昔と比べたらずいぶんおとなしくなってるが」

「韓国内における暴力団の増加は深刻な問題となっている」ジヒョンが眉間に皺を寄せながら説明した。「最新の調査によれば、この五年で約一八パーセント増えている。世界各国どこでもそうだろうが、地域によって系列がある。慶尚南道、京畿道、その辺りが有名だ。韓国人は地縁を重んじるからな。本物のマフィアはシチリア島出身の者だけを指すと聞いたことがある。同じように、奴らは自分たちの血だけを信じる。カンペとはそういうものなのだろう」

「インチェルはどこの出身なんだ？」

「京畿道だ。裕福な家に生まれたが、どこで間違えたのかカンペの道を選んだ。大学に通いながら、闇金をやっていたという噂もある。最初はチョウハンセン組という組織の一員だったが、後に独立している」

「チョウハンセン組？ 聞いたことがあるな。確か、新大久保辺りに、もともとこに属していた男が作ったという事務所があった。おれだってコリアンマフィアの捜査課にいるんだ。それぐらい知ってる」

「行ったことがあるのか」

「確か、黄土会とかそんな名前だった。新大久保のコリアンタウンには何回か行ったことがある。重点警戒区域だ。有坂係長と一緒だったこともあるし、同じ課の他の刑事とも通った。詳しいわけじゃないが、飲食店や風俗店なんかを経営してたんじゃなかったかな」

「それだけか？」

「そんなに派手なことはしてなかったと思う」陽平は以前に見た黄土会の看板を思い浮かべた。「ぼったくりだったり、過剰な性的サービスを従業員に強いるとか、それぐらいのことはあっただろうし、もしかしたら麻薬なんかにも手を出していたかもしれない」

「やけに詳しいな」

「黄土会が経営している危険ドラッグの店を摘発したことがあった。あの時、初めてガサ入れを間近で見たんだ。だから覚えてる。たいした物が出てきたわけじゃなかったけどな。確か組長は何とかバスクと言ったと思うが」

「インチェルは、その黄土会と提携関係にあったのかもしれない」バッグから取り出したファイルを調べていたジヒョンが、やはりそうかとうなずいた。「インチェルの又従兄弟にハン・バスクという男がいる。年齢も近い。出身も同じ京畿道だ。付き合いもあっただろう」

「どうしてそこまで知ってる？」

「わたしたちがどれだけインチェルのことを調べたと思ってるんだ」ジヒョンがファイルを陽平の鼻先に押し付けた。「奴の親戚は六親等まで調査した。奴のことは本人よりよく知ってる。現在、バスクは日本にいる。お前が言った黄土会のトップだ。インチェルの要請を受け、日本で受け入れ態勢を整えたのではないか。その後、仲間割れが起きたということも考えられる」

「待ってくれ、有坂係長が言ってたが、黄土会はそんなに大きい組織じゃなかったはずだ」陽平はこめかみを指でつついた。「バスクの方針で、他の組と連携しないとも聞いた。異常に猜疑心が強い男らしいな」

「噂は聞いている」

「そんな奴が日本のヤクザと手を組んだとは思えない。新大久保辺りを縄張りにしていたから、シノギだけなら十分だったろうが、二、三十人しか組員がいない弱小コリアンマフィアに過ぎないんだ」

有坂や他の八係の刑事からの受け売りだったが、間違ってはいないだろう。他の部署は八係を暇な部署と思っているようだが、全員情報収集に熱心なのは、誰よりも陽平がわかっていた。

「東京あるいは関東一帯に、スピードカムの流通ルートを築くような実力はないだろう。インチェルが話を持ち込んだというのはそうかもしれないが、どこまで協力できたか疑問だ」

そこは調べるしかない、とジヒョンが左右を見た。

「直接バスクに聞こう。シンオオクボへ行け」

「調べるって、どうするつもりだ?」陽平はウインカーを点滅させながら左折した。「証拠があるわけじゃない。素直に事情聴取に応じるとも思えないし、拒否する権利だってある。小さい組とはいえ、バスクは親分だ。インチェルについて知ってることを全部話してくださいと頼んだって、わかりました、協力しますとは言わないだろう」

「直接バスクに聞く」ジヒョンが繰り返した。「そうするしかない」

「日本は法治国家だ。情報提供を強制することはできない」陽平は強く首を振った。「おれも警察官として、法に従う義務がある」

「日本の法律だ。当然だろう」ジヒョンが薄く笑った。「お前は日本人だから、警察官としての義務とやらを守るしかないが、わたしは韓国人だ。日本の法に従う義理などない。別に日本の法律を犯すとは言っていないが、韓国人のやり方で話を聞くのは構わないだろう」

「……何をするつもりだ？」

頰(ほお)を引きつらせながら、陽平はナビで新大久保までのルートを検索した。

「おい、それはあんたのじゃないのか」

ファイルを出した時、バッグから数枚の紙が車の床に落ちていた。これは個人的な資料だ、とジヒョンが慌てて紙を拾い上げ、バッグに押し込んだ。

「わたしだって、仕事だけで生きてるわけじゃない」

ルートが出た、と陽平はアクセルを踏んだ。目の前の信号は青だった。

2

黄土会の場所はわかっていた。通りの反対側にあったコインパーキングに車を停め、陽平は事務所を指さした。

「あの雑居ビルの一階だ。正面のガラスに黄土会という小さな看板が出てるのがわかるか」

うなずいたジヒョンが、無言で通りを渡ろうとしたが、待て待てと腕を押さえた。

「捜査令状どころか、話を聞く根拠もない。とりあえず様子を見よう」

不満そうな顔のジヒョンを連れて、交差点の角にあるかき氷屋の店先にあったテーブルに座り、そこから黄土会の事務所を見張ることにした。暖かい日差しが降り注いでいた。

それほど待つ必要はなかった。昼十二時、ガラスの扉から数人の男が出てきた。真ん中に背の低い男がいた。バスクだ、と横目で見つめながらジヒョンが囁いた。

「顔は写真で見たことがある。データは全部、頭の中に入っている」

陽平を一瞥したジヒョンが、かき氷の容器をそのままに席を離れた。どうするんだと言いながら、陽平はその後を追った。

一定の距離を置いて尾行すると、近くにあった店に入って行った。〝サムギョプサルの店、オンドルマッコリ〟という看板が掛かっている。

「焼肉屋か。いかにもだな」

「違う。サムギョプサルだ」ジヒョンが首を振った。「豚の三枚肉をサンチュで巻いて……いや、いい。昼食を食べるつもりのようだ。わたしも腹が減った。入ろう」

「美味そうだな。たまには奢ってくれないか」陽平は店先に貼られているメニューを眺めながら言った。「あんたのためにどれだけ捜査費用を使っていると思う？　そろそろ限界だ。おれたちの予算はそんなに潤沢じゃない」

ケチなことを言うな、とつぶやいたジヒョンが店内に入って行った。ランチタイムのためか、ほとんど満席だった。人気があるようだ。

「バスクはどこだ」

見当たらないな、と陽平は辺りを見回した。

「個室でもあるんじゃないのか？　おれだってこの店に入るのは初めてだ。どうなってるのかは——」

近くにいた店員にジヒョンが韓国語で何か言った。驚いたように顔を見つめていたが、あちらですと奥を指さす。リザーブと書かれたプレートがドアに掛かっている部屋があった。

迷わずジヒョンがドアをノックし、返事を待たずに中へ入った。五人の男たちがビールのグラスを手に持ったまま振り向いた。

「誰だ」

一番手前にいた若いチンピラ風の男が立ち上がった。

微笑んだジヒョンが、奥の席にいたバスクに近づき、早口の韓国語で何か訴えるように言った。仕事を探しているのだと話しているのが、雰囲気で陽平にもわかった。

「カネ欲しいです。デリバリーヘルス、おミセ経営してると聞いた。雇ってクダさい」

そこだけは日本語で言った。アクセントを微妙に変えているのは、日本に来て間がないというつもりのようだ。男たちが一斉に笑い声を上げた。

バスクが陽平を指さして何か聞いている。答えたジヒョンがお願いしますと頭を下げた。

その手をバスクが握り、舌なめずりしながら、指を一本一本確かめるようにさすり始めた。嬉しそうに笑って、更に肘、二の腕、そして肩に触れていく。

「痴漢よ！」いきなりジヒョンが叫んだ。「誰か、誰か助けて！　犯される！」

どうなってる、と男たちが互いを見た。痴漢がいるとジヒョンが金切り声で叫び、救いを求めるように手を伸ばす。

そういうことか、と陽平はポケットから警察手帳を取り出した。

「全員動くな！　警察だ。痴漢の現行犯で逮捕する。十二時十七分、確保！」

待て、とバスクが立ち上がった。背こそ低いが、威圧感のある声だった。

「何を言ってやがる。お前らいったい何者だ？　俺は何もしてない。この女が勝手に騒いでいるだけだ。見てただろう、俺は何も――」

「あんた、あたしの胸を触ったじゃないの！」

ジヒョンが右手で胸を、左手で下腹部を隠した。

「触ってなんかいないだろうが！」立ち上がったバスクが怒鳴った。「手は握ったが、それだけだ。おい、どういうことだ？　お前ら、嵌めるつもりでこんなことを――」

「警視庁の後藤です」陽平はバスクに警察手帳を突き付けた。「あなたは何もしていない？　本当ですか？」

「本当も何も、お前も見てたじゃねえか。この女のヒモだってのは嘘か？　デカなのか？　いったい何の真似だ」

ヒモって何だ、と陽平は囁いた。細かいことを言うな、とジヒョンが頭を振った。

「とにかく、こちらの女性から訴えがあったのは事実です」陽平はバスクに向き直った。「警察官として、双方の言い分を聞かざるを得ません。あなたが何もしていないというのであれば、私が彼女を説諭します。場合によっては逮捕ということも考えられるでしょう」

「当たり前だ、逮捕しろ、逮捕！」バスクが喚いた。

「何なんだよ、まったく。頭おかしいのか？　こっちこそ訴えてやる！」

「公平に見て、あなたの方が正しいように思われますが、やはりきちんと話を聞いた上で結論を下すのが私の仕事です。申し訳ありませんが、ここでは店の営業の邪魔になりますので、一度外へ出て落ち着いた状況で事情を伺えればと思います。こちらへどうぞ」

様子を見ていた四人の男たちが、一緒に行くと険しい表情で主張したが、その必要はありませんと陽平は微笑みかけた。

「すぐ戻ります。後で証言をしてもらうかもしれませんので、とりあえずこちらでお待ちいただけますか」

「構わねえ。おめえらはここにいろ」虚勢を張ったということなのか、バスクが白い紙エプロンを外しながら言った。「どうすりゃいいんだ？　さっさと終わらせようぜ」

すぐにとうなずきながら個室を出た陽平は、コインパーキングにバスクを連れていった。車に乗ってくださいと言うと、何のためだと目を細くして凄んだ。

「話を聴くんじゃなかったのか？　何で車なんかに乗らなきゃならない？　いいか、この女が勝手に俺の手を摑んで……」

こんなふうにか、とジヒョンがバスクの腕を取った。肘関節を決めて捻り上げる。車のボンネットに顔を押し付けられたバスクが悲鳴を上げた。

「おい、暴力は止めろ」陽平は制止した。「善良な市民だ。話を聴くだけで、それ以上のつもりはない」

「ゼンリョウナシミン？」意味がわからないと言いながら、ジヒョンが後ろ手にしたバスクの両手首に手錠をかけた。「乗れ。逆らうと面倒なことになるぞ」

「何なんだ、お前」すくみ上がったバスクの膝が大きく震え始めた。「どこの組だ？　こんなことして、タダで済むと思ってるのか？」

「ゴチャゴチャうるさい」尻を蹴り上げたジヒョンが、バスクを後部座席に押し込んだ。「いいか、今すぐドン・インチェルについて知ってることを全部話せ。時間がない。きれいに吐いたら解放してやる」

「インチェル？　そんな奴、知らねえよ」

「殺してもいいんだぞ」ジヒョンが感情のない声で言った。「付け上がるんじゃない。女だと思ってなめてると、痛い目にあうことになる」

「待てって、脅かすな」陽平はジヒョンの腕を摑んだ。「いくら何でも、殺すとかそんなのは言い過ぎだ」

違法捜査だ、とバスクが叫んだ。

「こんなの認められるわけがない。女、お前は誰だ？　日本人じゃないんだろ？」「こんな美人でスタイルのいい日本人がいるわけないだろう」のしかかったジヒョンが、薄くなっているバスクの髪の毛を摑んで振り回した。「韓国ソウル警察のソン・ジヒョン警衛（けいえい）だ。覚えておけ」

「何で日本に韓国のデカがいるんだ？」バスクが目を泳がせながら言った。「おい、あんたは本物の警視庁のデカだな？　さっきの警察手帳は偽物（にせもの）じゃないだろう。日本の警察のことはよく知ってる。黙って見てないで助けろ。こんなやり方が許されるわけないだろうが！」

ノーコメント、と陽平は答えた。ふざけんな、とバスクが顔を上げた。

「囮（おとり）を使ったでっちあげの容疑で逮捕しようってのか？　ふざけたことを抜かすな。てめえら、訴えてやるからな！」

「上等だ、この野郎」ジヒョンが自分の警察手帳をバスクの顔に押し付けた。「よく見ろ、これは本物の韓国警察の警察手帳だ。お前のような犯罪者を強制送還するのは簡単だ。こっちのバックは大統領だぞ。逆らったらどうなるかわかってるのか。今すぐ三十八度線の向こうに送り込んでやってもいいんだ」

「韓国じゃ、そういう脅し文句が流行（はや）りなのか？」感心しながら陽平は聞いた。

「あんたらにとっては、リアリティがあるんだろうな」

「どうする？　どうせ不法入国してるんだろう。少なくとも就労ビザは取っていないはずだ。今すぐ韓国大使館に行くか？　国家権力をなめるんじゃない」

まくしたてるジヒョンの剣幕に恐れをなしたバスクが、目をつぶって頭を振った。アイゴー、と弱々しい悲鳴が漏れた。

「インチェルについて知ってることを全部吐け」胸倉を摑んだジヒョンが迫った。

「お前とどういう関係がある？」

「俺たちは同じ京畿道の出身だ」バスクが苦しそうに呻いた。「又従兄弟なんだ。母親の従兄弟の子供で、しょっちゅう会ってたわけじゃないが、年も近い。あいつは大学へ行ったが、その前にはつるんでいた時期もあった。チョウハンセン組を紹介したのも俺だ」

「ずいぶん親しかったようだな」

「昔はな。今は違う。あいつが俺を裏切ったんだ」

「裏切った？」

話してやるよ、と座り直したバスクが口を開いた。

「構わねえ。最初に裏切ったのはあいつだ。親戚だが、かばう義理はねえ……チョウハンセン組にいた頃、あいつが組の金を横領しようと持ちかけてきた。頭のいい奴で、会計がルーズだとわかって、そんなことを言い出したんだ。百パーセントバレないって言うから、話に乗っかった。女にガキができて、金が必要だったんだよ」

「それで？」

「俺も馬鹿だった。結構な額の金を抜いたら、組の幹部も気づくよな。いずれはそうなるとわかっていたが、思ってたより早かったのはインチェルが俺を売ったからだ。奴は最初からそのつもりだったんだろう。最後に何十億ウォンだかを横領した時、密告した。奴は俺を殺そうとまでしたんだぞ」

「親戚なのにか？」

「そんなこと関係ねえ。そういう野郎だよ」煙草をくれ、とバスクがワイシャツの胸ポケットに目を向けた。「命からがら、身ひとつで逃げた。インチェルがどう言ったのかは知らねえが、俺が一人で全部やったことになっちまった。全部で百億ウォン以上だ。組全体に追われて、どうしようもなく日本へ渡った。韓国を追われたんだよ」

　陽平はくわえさせたメビウスに火をつけた。やっぱり日本の煙草はうめえな、とバスクが煙を吐いた。

「その時まで、組内の立場は俺の方が上だった。あの件をきっかけに、奴は当時の幹部に引き立てられて若頭に抜擢された。頭は切れるし、度胸もある。凄い勢いで出世したって噂を聞いた。だが、奴は大恩ある組長や他の幹部なんかを追放した。殺したこともあるんだろう。詳しいことは日本にいた俺にはわからねえが、さんざん酷(ひど)いことをして組を乗っ取ったと聞いてる」

　そのようだ、とジヒョンがうなずいた。

「インチェルがチョウハンセン組を足掛かりに、さまざまな利権を手にしたことは我々の調べでもわかっている。その後、奴は組を引退しているな」

　そこも頭のいいところでな、とバスクが苦笑した。

「生き残った古参幹部や敵対する組織の連中が、奴の命を狙うようになった。奴は組の近代化のためにしたことで、私利私欲ではなかったとそいつらを説得し、引退すると宣言した。それで奴を殺す理由がなくなった」

「確かに、賢いやり方だ」

「実際には、組の編成を変えて相談役だか顧問だか知らないが、そういう立場から組の実権を握った。どんな汚いことでも平気でやり、金だけを搾取(さくしゅ)し続けた。気づいた者ももちろんいたが、そいつらは殺したんだろう。その後、奴は徹底的に裏に回り、姿さえ見せなくなった。畜生(ちくしょう)にも劣(おと)るぜ。奴は俺を裏切って、その足掛かりを作った。あんたは勘違(かんちが)いしているようだが、俺にとっては敵なんだ」

　バスクがくわえていた煙草から、灰が落ちた。本当のようだ、とジヒョンがつぶやいた。

「少なくともわたしの知っている情報と矛盾はない。なるほど、そんなことがあったのか」

「インチェルが日本に来ていたのは知ってる」バスクが短くなった煙草を窓から吐き捨てた。「新大久保にもしばらく住んでいたし、町ですれ違ったこともあった。だが、正面切って顔を合わせれば殺し合いになる。わかっていたから、お互い避けてきた。俺も奴もトラブルを起こしたくはなかったからな」

「インチェルは何のために日本に来ていた?」

「聞いてねえ。奴と直接話したわけじゃないんだ。だが、噂は聞いている。韓国で合成麻薬を売ってたそうだな。奴の欠点は金に汚く、欲に際限がないことだ。日本でも大量に売るつもりだったんだろう。それが奴の目的だ。間違いない」

「お前は手を貸していないのか」

「あんな外道を信じるぐらいなら、Nソウルタワーの上から飛び降りる」バスクが断言した。「俺だけじゃねえ。コリアンマフィアと呼ばれている連中なら、よほどの理由がなけりゃ、誰もあいつに手を貸したりしねえ。あんたがどこまで知ってるかわからんが、奴が身代を大きくしてきたのはあらゆる人間、あらゆる組織を騙し、裏切ってきたからだ。恨んでいる奴も大勢いる。俺みたいに、奴に騙されて命からがら日本に逃げてきた人間だっているんだ」

「そうか」

「俺もそうだが、インチェルのやり方は誰でもわかってる。韓国にいる連中より、恨みが深いかもしれん。悪い噂ってのはすぐ広まるからな。あいつと商売しようなんて考える韓国人は一人もいねえよ。絶対だ」

えらい嫌われようだ、と陽平は言った。

「ずいぶん酷い奴だったんだな」

「ずいぶん？　日本人ってのは言葉を知らねえな。そんな生易しい表現じゃ追いつかねえよ。悪魔だって、もうちょっと人情味があるだろうさ」

「インチェルは新大久保に住んでいたことがあったと言ったな。どうなんだ、今もアジトを持ってるのか？」

ジヒョンが聞いた。今は違う、とバスクが答えた。

「そんなに遠くはないが、西新宿にある高層タワーマンションを借りて、そこをヤサにしている。スカイタウンとか言ったな。奴は贅沢好みだ。そういうところには金を惜しまねえ」

「ずいぶん詳しいじゃないか。何で知ってるんだ？」

ジヒョンの問いに、バスクが下卑た笑みを浮かべた。

「デリバリーヘルスの女をそこに呼んでたからだよ。奴は韓国女としかやらねえ。昔からそうだ。本人は愛国主義者だからとか言ってたな。俺が仕切ってる店じゃねえが、知り合いのやってる店から派遣してた。週に二回だぜ。マンションの名前ぐらい覚えるさ」

「部屋は？」

「十階の南側だ。フロアに部屋は二つしかねえ。行けばわかる」

「そこまで詳しい話を聞いたとは思えない。調べたんだな？」

そうだよ、と諦めたようにバスクが嗤った。

「襲ってやろうかと考えたこともあったんだ。隠す気はねえ。だが、奴にもバックがいるだろう。どこの組かは知らないが、中国かロシア辺りなんじゃねえか？　あいつらなら金で転ぶだろう。そんなでかいところと戦争はできねえ。兵隊の数が違い過ぎる。俺はまだ死にたくない。だから放っておいたんだ」

わかった、とジヒョンがもう一本煙草をくわえさせて火をつけた。ついでにこいつも外してくれ、とバスクが背中に顔を向けた。

「インチェルのことだったら、最初からそう言ってくれりゃよかったんだ。何でも喋ったさ。だが、あいつは死んだと聞いた。事故死だそうだな。ニュースでやってたよ。運がいいんだか悪いんだかわからねえ。いずれは誰かに殺されただろう。

誰からも恨みを買っているような奴だったからな。お前らは何を調べてるんだ？」

「捜査上の機密事項だ。喋ると思うか？」陽平はジヒョンから鍵を受け取り、手錠を外しながら言った。「それと、おれたちのことは誰にも言うな。その代わり、デリヘルをお前が経営していることは目をつぶってやる。どうせ無認可なんだろう？」

「あんたはなかなか話せるな」バスクが手首をさすった。「ついでだ、スカイタウンマンションの住所も教えてやろう」

スマホをスーツの内ポケットから取り出して、何度か画面に触れた。陽平はメモの用意をした。

3

住所を聞くまでもなかったな、と陽平は西新宿のヒルトンホテル近くに車を停めながら言った。スカイタウンマンションがすぐ目の前にある。

数えると、三十階以上の建物だった。行こう、と車を降りようとしたジヒョンの腕を摑んで、シートに押し付けた。

「待ってくれ。どうなんだ、バスクの言葉を信じていいのか？」

「どういう意味だ」

「あいつはコリアンマフィアで、つまり犯罪者だ。しかもインチェルとは血縁関係にある。今はどうかわからないが、本人も言ってた通り、仲間だった時期もあったんだろう。同じ韓国人が、そんなに簡単に仲間を売るか？　バスクが誰かに連絡して、おれたちを待ち伏せていたらどうなる？」

「怖いのか」

「そういうことを言ってるんじゃない。応援を呼んだ方がいいんじゃないか」

「確証があるわけじゃない。この時点で応援を呼ぶのは時期尚早だ」

「そうかもしれないが――」

「お前の言う通り、バスクが嘘をついている可能性はある。だが、わたしは事実を話したと思っている」

「なぜだ」

信じられるのか、と陽平は聞いた。バスクがインチェルを殺害した犯人かもしれない。だとすれば、それを調べている警察官を放っておかないだろう。

「それが韓国人のメンタリティだからだ」ジヒョンがきれいな発音で言った。「韓国ヤクザは群れない。だからひとつひとつの組の人数が少ない。小さな組が増えていくだけだ。身内で揉め事があれば、お互いを敵と考える。恨みを忘れないのも民族的な特性だ」

「そうだろうとも。あんたらは日本に対していつまでも——」

「政治の話はするな。そういう国民性だと言ってるだけだ」ジヒョンが不快そうに唇（くちびる）を突き出した。「バスクがインチェルに裏切られたというのは事実だろう。そうでなければわざわざ日本まで渡ってくるはずがない。バスクの噂は聞いたことがある。チョウハンセン組にいた頃は、将来の組長候補とまで言われていた男だ。追放されたという話だけは知っていたが、インチェルに嵌められたというわけか……いろいろ繋がってきた」

「そういうもんか」

よくわからんな、と陽平は首を捻った。

「韓国人は裏切りを許さない」絶対だ、とジヒョンが静かな声で言った。「敵の敵は味方だろう。今でもバスクはインチェルを憎悪（ぞうお）している。だから知ってることを全部話した。そこは信用していい。インチェルと手を組んでいないのだから、裏切られることもない。従って、バスクが殺したとは考えられない。犯人ではないのだから、わたしたちに危害を加えるようなことはないだろう」

「わかった。そこまで言うならおれも信じよう」陽平は車のドアを開けて外に出た。「それにしても面倒臭（めんどうくさ）い国だな」

わたしもそう思う、とつぶやいたジヒョンが車を降りた。

4

スカイタウンマンションの正面エントランスはオートロックではなかった。その代わり、ホテルのようなフロントがあり、背広を着た二人の若い男が立っていた。

コンシェルジュ付きか、と陽平は低く口笛を吹いた。

「警備員もいるぞ。部屋に上がるためには、フロントを通らなけりゃならない仕組みになってる」

何とかしろ、とジヒョンが背中を強く押した。どうして上から物を言うんだとつぶやきながら、陽平は警察手帳を取り出してコンシェルジュに提示した。

「警視庁捜査一課の後藤といいます。こちらに居住しているドン・インチェルがインターポールから国際指名手配されています。彼女は韓国ソウル警察のソン・ジヒョン警部補」

ジヒョンが形の整った顎をゆっくり上下に振った。失礼ですが、と背の高い方のコンシェルジュが言った。

「何かのお間違いではないでしょうか。そのようなお名前の方は、当マンションにおられません」

「十階に住んでる韓国人だ」陽平はカウンターを平手で強く叩いた。「偽名を使って借りてるんだろう。名前は不明だが、ここに住んでることはわかってるんだぞ」

「お待ちください……確かに、十階の一号室に韓国の方がお住まいですが、この方はコスモ観光という旅行代理店の社長と伺っておりまして――」

「この男だな？」

　スマホに保存していたインチェルの写真を見せた。二人のコンシェルジュが同時にうなずいた。

「これは捜査令状だ」陽平はジヒョンのバッグを開け、入っていた数枚の紙をカウンターに置いた。「協力してもらいたい。断るというなら、今すぐ弁護士を呼んだ方がいい。言っておくが、インターポールの要請を拒否すれば国際問題に発展するのは間違いないぞ」

　確認します、と二人が奥に入って行った。無茶するな、とジヒョンが囁いた。

「あれは、わたしが個人的に行こうと思っていた済州島（チェジュとう）ツアーの申し込み書じゃないか」

「さっきの紙だろ？　捜査資料かと思ってたが、違ったのか」

「旅行ぐらいしたっていいだろう。どうするんだ、彼らが気づいたら」

　どうせ読めやしない、と陽平は答えた。

「ハングルを読める日本人なんて、めったにいないよ」

二分後、背の低いコンシェルジュだけが戻ってきた。こちらへ、と先に立ってエレベーターホールに向かう。胸のプレートに小木曾という名前があった。

「本社の許可が取れましたので部屋までお連れしますが、何しろこれだけの高級タワーマンションです。騒ぎになると大変面倒なことに……ご理解いただけないでしょうか」

「理解しました。静かに調べますよ」

「あの、間違いなく警視庁の刑事さんなんですよね？」開いたドアからエレベーターに乗り込んだ小木曾が、十階のボタンを押した。「こちらは……本当に韓国の刑事さんなのでしょうか」

二人揃って、自分の警察手帳を開いた。納得したのか、見比べていた小木曾が何度かうなずいた。すぐ十階に着いた。

「右手の部屋が一号室でございます。百二十平米、３ＬＤＫのデラックスルームで、何と申しましても自慢なのはバスルームが二つあることでございま――」

「部屋を借りに来たわけじゃない。鍵を開けてください」

ごもっともです、と小木曾がＩＣカードをドアノブにかざした。マスターキーなのだろう。すぐにロックが解除された。

あなたはここで待っていてくださいと小木曾を部屋の前に残し、陽平はジヒョンと中に足を踏み入れた。マジでか、とつぶやきが漏れた。

「すごい広さだ。どんだけ金持ちなんだ？」

「わたしの部屋は1Kだ」ジヒョンが額に手を押し当てた。「三十平米で、シャワーしかない。バスルームが二つあると言ってたな。犯罪者は儲(もう)かるものだ」

気をつけろ、と陽平は室内を見回したが、誰もいないのはすぐにわかった。人の気配はない。

調べよう、とジヒョンが右手にあったドアを開けた。陽平はポケットにいつも入れている捜査用の手袋を嵌めた。ベッドルームだ、とジヒョンが言った。

「こっちは書斎らしい」中央のドアを開けながら、陽平は大声で言った。「ご立派(りっぱ)だね、マホガニー製のデスクがある。いったい、いくらするんだ？」

もうひとつの部屋に入ると、スーツやワイシャツ、靴などが数え切れないほど並んでいた。クローゼットルームというより、衣装部屋と言った方が正しいだろう。

二つのバスルーム、二つのトイレも見たが、隠れている者はいなかった。汗を拭(ぬぐ)いながら、陽平は小木曾を呼んだ。

「さっきの書類には、韓国警察が発行した家宅捜索令状も入っていました。ご覧になっていただけましたね？」

私は見ていません、と言いかけた小木曾に首を振り、立ち会ってくださいと命じた。うなずいた小木曽がリビングのソファに座る。ベッドのマットレスを引っ繰り返しているジヒョンに何か言おうとしたが、諦めたのか頭を抱えて座り直した。

片っ端から調べていき、最後にバスルームとトイレを分かれて捜索した。トイレから出てきたジヒョンが、これを見ろ、とビニール袋を掲げた。透明な瓶が入っていた。

「何だ、それは」

「トイレのタンクに沈めてあった」間違いなくスピードカムだ、とジヒョンが囁いた。「この瓶に入っているのは五グラム程度だが、自分でも使っていたのか」

「きれいな結晶だな」ビニール袋から出さないまま、陽平は瓶を明かりにかざした。「ケミカルな感じだ。いかにも合成麻薬だな」

「落とすなよ。証拠品だ」

「そんなことわかってる。とにかく、ここにインチェルが住んでいたのは間違いない」

陽平が手招きすると、小木曽がまばたきを繰り返しながら近づいてきた。

「何でしょうか」

「こちらに住んでいた男について、何でも結構ですから、ご存じのことがあれば教えてください」

「あの、それは……ペク・スンホン様という方です」小木曾が陽平とジヒョンを交互に見た。「コスモ観光という会社の社長さんで、主に韓国、中国などのツアーを取り扱っていると聞いています。当マンションについては、インターネットの広告でご覧になったということでした。賃貸物件ですので、保証金その他家賃などを支払っていただければ、特に身元確認などは弊社もしておりませんでして……」

「では、スンホンという名前や会社名なども確認していない？」

「いえ、外国の方なので、入居の際にパスポートの提示をしていただきました。会社については、住所その他をインターネットで確認しております」

そんなものに意味はない、とジヒョンが横を向いたまま言った。

「インチェルは偽造パスポートをいくつも所持していた。スンホン名義のものもあっただろう。会社名など、どうにでもなる。コスモ観光という会社は実在するのだろうし、勤務していなくても社長の名前を騙ることはできる」

「他に何か気づいたことは？　日常生活の様子だとか、訪問してくる客であるとか――」

陽平の問いに、どうでしょうかと小木曾が首を傾げた。

「スンホン様から何かの折に伺ったことがありますが、日本と韓国、その他の国を行ったり来たりで、日本には月の半分もいないということでした。おっしゃる通りで、ひと月以上不在だったこともございます。ですので、日常と言われましても……」

「何でも構いません。話してください」

お客様は多うございました、と小木曾が落語家のように額を叩いた。

「その、つまり、不特定の女性を部屋に呼ばれていたこともあったようですが、それについては私共の方からどうこう言うような話ではございませんので……プライベートな問題と考えておりました」

「そういう客じゃない」ジヒョンが舌打ちした。「他には？」

「そうですね、常に複数の男性が訪ねて来ておりました。昼間のこともありましたし、夜の時間帯でも……打ち合わせがあるとおっしゃっていたと思います」

韓国のヤクザだろうか、と陽平はジヒョンに目を向けたが、そうではないと思います、と小木曾が言った。

「皆様、日本人でした。間違いありません。不動産関係の仕事に就いておりますと、その辺りはだいたいわかるものです。ヤクザと申されましたが、それもどうでしょうか。皆様スーツを着た、きちんとした身なりの方でしたが」

「こちらぐらいの高級マンションですと、防犯カメラなども当然設置されていますよね」陽平はエントランスにあったカメラを思い浮かべながら言った。「そういう連中の動画も撮影されていたと思いますが、残ってませんか」

「どうでしょう、動画はすべて警備会社が管理しておりまして……確認しますが、残っているかどうか、私の方からは何とも……」

「韓国人ではないのかもしれないが、日本のヤクザということはあり得る」陽平は言った。「服装じゃ判断できないだろう。昭和の時代とは違う。あいつらだってTPOぐらい心得てる」

そのようだ、とジヒョンがうなずいた。

「どこで繋がったのかわからないが、インチェルは日本人ヤクザと手を結んでいたのだろう。バスクが言っていた通りだとすれば、コリアンマフィアはインチェルに協力しない。だが、日本にスピードカムを密輸入し、流通網を構築するには組織の力が必要だ。どこの組か、思い当たるところはないのか」

そんなことわかるわけないだろう、と陽平は肩をすくめた。

「日本の暴力団は組織犯罪対策部が担当している。海外麻薬取締課は外国人犯罪者が専門で、おれたち八係の担当はコリアンマフィアだ。日本の暴力団について、詳しいわけじゃない」

警察はどこでもセクト主義だな、とジヒョンが自嘲するように笑った。

「それはおれたちの考えることじゃないだろう」陽平は肩を突いた。「どうなんだ、インチェルは韓国からスピードカムを持ち込み、日本の暴力団と手を組んで売ろうとしていたのか」

「それだけではないのかもしれない」ジヒョンの声が暗くなった。「奴は中国、北朝鮮、韓国内でスピードカムの製造工場を作っていたと考えられる根拠がある。日本でも同じことをするつもりだったのかもしれない。化学的に合成することで製造が可能だから、原料さえあればどこでも作れる。広い場所を必要としないのが特徴だが、それなりの設備がなければならない。インチェル本人が日本国内で手配するのは難しいだろう。やはり日本の暴力団と協力態勢にあったと考えるべきだ。いったいどこの組と繋がっていたのか——」

「それを調べるには時間がかかる」陽平はもう一度スピードカムの入った瓶を見つめた。「むしろ、製造工場を探す方が早いだろう。それより、今は徹底的にこの部屋を調べよう。何か出てくるかもしれない」

ジヒョンを促し、部屋の床、天井から壁や家具、調度品、キッチンやベランダまで調べたが、手掛かりと呼べるものは何も出てこなかった。パソコンさえ見つからない。

鑑識や専門の調査員が機材を使って捜索すれば話は違うだろうが、自分たちだけではこれ以上どうすることもできないだろう。

「それでも、こいつが出てきただけで十分だ」陽平はスピードカムの入った瓶をポケットに押し込みながら、スマホで八係の直通番号を押した。「有坂係長に報告して、誰か寄越してもらおう……もしもし、後藤ですが」

顔を寄せてきたジヒョンにも聞かせるため、スピーカーホンに切り替えた。何してるんだ陽平、と男の声がした。岸田といって、四十歳になる巡査部長だった。

「ああ、岸さん。係長は？」

「会議中だ。小一時間で戻ってくるはずだが、お前はどこにいるんだ？　韓国の女刑事と一緒なのか？」

「そうです。実は、例のインチェルの件なんですが、他殺の可能性が出てきました」

「他殺？　事故死ということで結論が出たはずだろう」

「ぼくもそう思ってたんですが、調べてみるとおかしな点があって……インチェルのアジトを発見しました。西新宿のスカイタウンという高層マンションです」陽平は住所を言った。「室内から合成麻薬が出てきました。ジヒョン警部補によれば、スピードカムといって韓国でインチェルが売っていたものです」

「待て、陽平。いったい何の話だ？　勝手に動くな。証拠品を発見したということか？　上の指示はわかってるんだろうな。お前の任務は韓国の女刑事のアテンドで

——」

「それはそれできちんとやってますよ。順序はおかしいかもしれませんが、間違いなく室内で見つけました。マンションのコンシェルジュに立ち会ってもらっています。インチェルは合成麻薬を所持していて、日本国内で売ろうとしていたのは確かです。至急、応援をお願いします。この部屋は封鎖した方がいいですか？」

「わからんが、その方がよさそうだ」岸田が何かを叩く音がした。「俺が行こう。鑑識なんかも引っ張っていく。お前はそこで待機して……いや、一度戻ってきた方がいいな。有坂係長も詳しい事情を聞きたいだろう」

「了解しました。すぐ本庁に戻ります」

「急げ。係長には俺から伝えておく。近くの交番に連絡して誰か行かせるから、お前は女刑事と一緒に戻ってくるんだ。わかったな」

電話が切れた。わたしも上に報告するとジヒョンがスマホを取り出したが、しまった、と舌打ちした。

「充電を忘れていた。まあいい、本庁へ戻るんだな？　充電器ぐらいあるだろう」

「こっちも残り二〇パーセントを切ってる。とにかく本庁へ戻ろう」陽平はスマホをポケットにしまった。「組織犯罪対策部と連携を取って、インチェルと組んでいた暴力団を洗い出す。それがわかればスピードカムの流入を防げるかもしれない」

すぐ警察官が来ます、と小木曾の方を向いた。

「それまで、この部屋には誰も入れないでください。いいですね？」

了解しました、と小木曾がうなずいた。張り切ってるな、とジヒョンが苦笑した。

「そりゃそうだろう。単なる事故死と思っていた事件に、他殺の可能性が出てきたんだ。殺されたのは韓国の麻薬王で、日本の暴力団と手を組んでいた。摘発すれば麻薬の流入を水際で防げる。ドラッグの犠牲になる人間を出さないのが、おれたち警察官の仕事だ」

行くぞとドアに手を伸ばした時、刑事さん、と背後で小木曾が呼ぶ声がした。

「何か？」

「地下の駐車場にスンホン様の車がございます」

「車？」

「はい。契約で、一台分のスペースが居住されている方のために確保されており、そこにスンホン様も車を停めておられます。確かスノーホワイトのベンツだったと思いましたが」

待て、とジヒョンが長い髪を左右に払った。

「確かデスクに……」マホガニー製のデスクの引き出しを開けて、リモコンのキーを取り出した。「ベンツのロゴが入ってる。おそらくこれがキーだ」

「とりあえず調べてみるか。地下の駐車場へは、どうやって行けばいいんです？」

エレベーターへどうぞ、と小木曾が指さした。ご協力に感謝しますとうなずいて、陽平はジヒョンと共にエレベーターホールへ向かった。

5

地下二階の駐車場は広かった。全戸分の駐車スペースがあるということだったが、複数台所有している居住者もいるのだろう。
五、六十台の車が停められていたが、すべてと言っていいほど、外車、しかも高級車ばかりだった。
「モーターショーの会場みたいだ」陽平は通路を歩きながら言った。「白のベンツと言ってたけど、何台もあるぞ」

キャデラックとロールス・ロイスの間を抜けながら、ジヒョンがリモコンのボタンを適当に押し続けた。五台目のベンツのライトが光り、ロックの解除音が聞こえた。これか、と陽平は運転席に乗り込んだ。

「左ハンドルか……おい、見ろよ。シートが本革だ」

助手席に座ったジヒョンがダッシュボードを開けた。

「持ち主は誰なのだろう。インチェル本人のはずがない。用心深い男だから、自分名義にはしない。誰の名義かわかれば、そこから辿る線もあるはずだが」

「車検証は見当たらない」あまり触るな、と陽平は首を振った。「詳しいことは鑑識に調べてもらった方がいい。それにしても豪華な内装だな。さすがベンツだ」

「そうは思わない。ヒュンダイの方が実用的だ」

「あんたのお国自慢はわかったけど、どうして国産にこだわる？　いいじゃないか、外国車だって。認めるところは認めろよ。そういう頑なな姿勢が……」

それには答えずに、車内を見回していたジヒョンが何もないと言った。陽平はキーを差し込んで右に回した。豪快なエンジン音がした。

「悪くない。聞けよ、この音。おれは走り屋じゃないし、ベンツにもそんなイメージはないけど、さすがに世界を代表する車だ。重厚感がある」

「インチェルはカーマニアだった」冷たい声でジヒョンが言った。「韓国ではリンカーンに乗っていたし、他にも複数台所有していたはずだ。全部アメリカ車かヨーロッパ車だ。それだけ取っても奴は国賊だ」

「そこは趣味の問題なんじゃないのかなあ……おい、頼むからあんまりあちこち触らないでくれ。インチェルの指紋を消したら、鑑識に怒られるぞ」

そんなことはいいと言いながら、トランクを開けろとジヒョンが命令した。わかったとうなずいて陽平はスイッチを探ったが、ベンツの運転席に座るのは初めてで、どこに何があるのかよくわからない。

適当に押していると、ウィンドーウォッシャー液が噴き出した。渋い顔で見つめるジヒョンに愛想笑いを向けながら、更に別のボタンに触れると、音がしてトランクが開いた。

車から降りて後ろに回ったジヒョンが顔を突っ込んでいたが、窓越しに、何もないとだけ言った。

「あるのは簡単な工具だとか、雑巾のような布とか、それだけだ。解体して調べれば何か出てくるかもしれないが、お前には無理だろう?」

「あんただってできないだろ」陽平は鼻を鳴らした。「それはおれたちの仕事じゃない。そんなことはいいから、さっさと本庁に戻ろう」

エンジンを切ろうとした時、待てとジヒョンが鋭い声で叫んだ。

「何だよ」

うるさい、と運転席側に回ったジヒョンがドアを開け、上半身を車内に入れた。何なんだ、と陽平は小さく悲鳴を上げた。

「近いんだよ、離れろ」

ジヒョンの胸が頬すれすれのところまで近づいている。そんなことはいい、とジヒョンが言った。

「ナビが動いてる。画面を見てみろ」

陽平は首だけを向けた。Autoという文字がディスプレイに浮かんでいる。地図にDestination とあった。

「ドイツ語か？」

「英語だ、馬鹿」ジヒョンが体を引いた。「目的地という意味だ。大学を出てるというのは嘘か？」

「どうせ三流の私大だよ」

「行き先が登録されているんだろう。どこかわかるか？」

陽平は見当をつけて地図の縮尺を変えた。赤い光が点滅している。芝浦と表示されていた。

「港区芝浦海岸九丁目……竹芝ふ頭と日之出桟橋の真ん中辺りのようだな」

運転しろ、とジヒョンが助手席に乗り込んだ。

「そこにインチェルのアジトがあるんだ。製造工場かもしれない」

「そりゃずいぶん断定が過ぎないか？ 愛人を住まわせてるのかもしれないし、単純に友達の家とかってこともある。趣味でガーデニングでもやっているのかも……」

「本当に頭の悪い男だな。この中は空っぽか？」ジヒョンが陽平の後頭部を叩いた。「そんなわけないだろう。仮に犯罪とは関係なくても、それならそれで誰かインチェルを知ってる人間がそこにいる。何かの手掛かりが残っているかもしれないし、話を聞くこともできるかもしれない。それでも警察官なのか？　さっさと行け」

「待ってくれ、左ハンドルを運転したことがない。ぶつけたりしたら大変だ。こんな高級車、修理にいくらかかるかわからない」

「お前の車じゃないだろう。大丈夫だ、持ち主のインチェルは死んでる。死人は弁償しろと言わない」

メチャクチャだとつぶやきながら、陽平はギヤを入れた。ゆっくりとベンツが動き出す。

ウインカーを出そうとしたが、それはワイパーだ、とジヒョンが白い目で見た。

「雨でも降ってるのか」

「うるさいな、いろいろ難しいんだ」シートベルトをしろ、と陽平はハンドルにしがみつきながら怒鳴った。「とにかく、道はナビが指示してくれる。その通りに走っていれば、三歳の子供でも目的地に着ける」

そのためのナビだろう、とジヒョンが言った。陽平は右にハンドルを切り、アクセルを踏んだ。

急発進して体がシートに押し付けられる。ジヒョンは無言だった。

東京医大病院の前を抜け、青梅街道から靖国通りに入った。道幅は広く、運転しやすい。

ナビの指示通り、富久町西の交差点を右折して外苑西通りから新宿通りに入った。四谷だ、と陽平は大きく息を吐き出した。

「任せろ。この辺は昔よく走った。つきあっていた彼女が上智の子だったんだ」

「黙って運転しろ。なぜ右に寄る？　頼むから道の中央を走ってくれ」

「そのつもりなんだが、車両感覚がわからない。そんなに右に寄ってるか？」

「寄ってるなんてもんじゃない。隣車線の車とぶつかりそうだ。おい、ナビが右折しろと言ってるぞ。ハンゾウモン？　どこだ、それは」

「内堀通りに入れってことか」

右に急ハンドルを切った。対向車がクラクションを鳴らす。ジヒョンが短い悲鳴を上げた。大丈夫大丈夫、と陽平は呪文のように唱え続けて走った。

三宅坂交差点を左方向に進み、右手に首都高が通っているのを確かめながら走り続けていると、見覚えのある風景が広がっていた。桜田門だ。

「警視庁本庁舎がある」陽平は指さした。「どうする、寄ってった方がいいか」

「どっちだ」

「右だ」

「この通りでの右折はお前には無理だ。このまま進め」

馬鹿にしやがって、とつぶやきながら桜田通りを通過した。なるほど、ここに出るのかと陽平は小さなため息をついた。見慣れた場所なので余裕があった。

霞が関だ、と前方を指さすと、両手でハンドルを握れ、とジヒョンが怒鳴った。

日比谷通りから新虎通りに入ってしばらく走ると、新橋という表示が見えてきた。この辺のことは詳しくないんだと言いながら、陽平はナビに目をやった。

あとは浜松町方面に直進するだけだ。最後に大門の交差点を左折すれば、目的地の芝浦海岸だった。

「有坂さんに連絡する」スピードを落とし、ポケットのスマホを取り出した。「指示を仰ぐ。おれたちだけじゃ危険だ」

電話が海外麻薬取締課に繋がった。スピーカーホンに切り替え、もしもしと呼びかけた声に、陽平か、と有坂の怒鳴り声が被さった。

「お前、何をしてるんだ！　勝手な真似をするなと、あれほど――」

「待ってください、係長。インチェルのアジトを発見したんです」

「今、岸田から報告を受けたところだ。お前に捜査なんか命じてない。韓国の女刑事をアテンドしろと言っただけだ。それなのにいったい――」

「聞いてください。インチェルのアジトは西新宿の高層マンションでした」陽平は早口で状況を説明した。大門の交差点が近づいている。「マンションの地下駐車場でインチェルの車を発見、ナビに登録されていた場所に向かっています」

「どこなんだ」

「港区の芝浦海岸九丁目です」

「今はどこにいる？」

「大門です」交差点を左折した。「浜松町の駅が見えてきました。ナビによれば、目的地まであと約一キロ」

「待て、それ以上動くな。本当にインチェルのアジトかどうかわからんが、何かあったらまずい。奴の部下が潜んでいるかもしれん。そこで待機しろ。応援を出す」

「早くしてください。もしかしたら女でも囲ってるのかもしれませんが、ジヒョン警部補は合成麻薬の製造工場の可能性もあると言ってます。ぼくたちが向かっていると知れば、証拠を隠滅するかもしれません」

「何を言ってる？ そんな麻薬の製造工場なんてあるわけないだろう。昔の刑事ドラマじゃないんだぞ」

「どちらにしても調べるべきだと思いますが」

　その通りだが、と言った有坂の声が歪んだ。

「よくやったと誉められると思ったら大間違いだ。まだお前は自分の判断で動ける立場じゃない。待機して別命を待て。独断で動くな、危険過ぎる。韓国の女刑事が何と言ったか知らんが――」

　唐突に通話が途絶えた。どうした、とジヒョンが聞いた。

「充電切れだ」参った、と陽平はスマホをポケットに戻した。「待機しろと命令された。一人じゃ危険だと言ってる。従った方がよさそうだ。すぐに応援も来る」

「目的地まであと一キロない」ジヒョンがナビの画面を指した。「ここまで来たら同じだろう。近くまで行って、様子を見よう。危険かもしれないが、必要以上に接近しなければ問題ない」

　それに、と微笑んだ。

「わたしたちは一人じゃない」

　それもそうだ、と陽平はうなずいた。目的地まであと八百メートル、とナビが音声で案内した。

Chapter 5 不法侵入

1

ブレーキを踏んで、ベンツを路肩に停めた。旧海岸通りから二本奥に入った道路だ。

左手の高層マンションの間から海が見えた。陽平(ようへい)はナビで住所を確認してから、二百メートルほど先にある三階建ての建物を指さした。

「薄汚れたビルだ。バブル期の遺跡みたいなもんだな」

「バブル?」

「もう二十年以上前の話だ。馬鹿みたいに金が溢(あふ)れていた時代があった」フロントガラスから前を見ながら、陽平は説明した。「おれは幼稚園児だったから、その頃のことはよくわからない。景気がよかったとか言われても、五歳のガキじゃ意味もわからんよな。この辺はウォーターフロントと呼ばれて、不動産屋が土地を買いあさった。マンションや貸しビル、ディスコや店舗なんかを建てて舞い上がっていたけど、バブル崩壊と共にすべてがなくなった」

「ディスコ？」

「いちいちうるさいな。要するにバブルが弾けて、この辺の再開発は中止になった。あんな廃ビルはいくらでもある。兵どもが夢の跡だ」

「ツワモノとは何だ。何を言ってるのかさっぱりわからない」ジヒョンが両手を広げた。「日本の経済政策の失敗については、大学で学んだことがある。猿知恵で目先の利益だけを追い求めるからそんなことになった。しょせんはそういう国なのだ」

「そういう国に援助してもらった過去は忘れちまうのか？　なめんなよ、そっちの国だって、あんまりうまくいってないと聞いてるぞ」

「お互い様だ」

「どうする、ビルに入ってみるか」

ドアに手をかけた陽平をジヒョンが制して、素人はこれだから困る、と舌打ちした。

「あのビルが本当にインチェルを殺した連中のアジトかどうか、まだわからない。まったく無関係なのかもしれないし、逆に内部でスピードカムを製造している可能性もある。後者だとしたら、今も日本の暴力団かコリアンマフィアがあのビルの中にいる。危険な連中だ。正面からドアを叩いて入れてくれると思うか？　警察手帳を見せれば、どこでも入れると？　カミカゼの国で生まれた奴は、単細胞で困る」

「じゃあ、どうしろって言うんだ」

ビルの周りを走れ、とジヒョンが命じた。

「敵情視察だ。様子を見る」

さようでございますか、と馬鹿丁寧にうなずいて、陽平はじんわりとアクセルを踏んだ。廃ビルの先の道を左折して、細い路地に入った。

さっきはわからなかったが、ビルの敷地そのものはかなりの面積があった。建物自体は三階建てだが、裏手にある土地は草野球ができるぐらいの広さだ。

三メートルほどの高さの金網で囲われており、長期にわたって放置されているのか、雑草が伸び放題に生えていた。スチールのデスクや椅子が、山のように積まれている。

「不法投棄か。酷いもんだ」ゆっくりしたスピードで車を走らせながら、陽平は言った。「こういうバブル物件というのは東京中にある。聞いた話だと、ホームレスや半グレのチンピラが出入りして、勝手に使うこともあるらしい。あいつらにはモラルなんてないからな。何でもやりたい放題だ」

「なぜ取り壊さない？」

左折しろ、とジヒョンが手を振った。金網に沿って、やや太い道路に出た。

「危なくないのか。そういう連中が火事でも起こしたらどうするんだ」

「たまにあるらしい。他にも、不良学生が女を連れ込んで暴力をふるったり」犯罪の温床になってるのは否めないところだ、と陽平はうなずいた。「だけど、権利関係が複雑過ぎて、誰も手を出せなくなってると聞いた。取り壊しの費用や人件費なんかを考えると、誰が払うんだってことになるんだろう。世の中は金だ。ここはまだましなんじゃないか？　一応、金網で囲っている。そう簡単には入れないだろう」

左折を三回繰り返し、元の場所に戻った。もう一度走れ、とジヒョンが前を指した。

「停まるな。見とがめられたらまずい」

「そうは言うけど、誰かがいる感じはしないぞ」陽平はまた廃ビルの裏手に向かってベンツを走らせた。「誰もいないんだよ。そもそも、インチェルがナビに残していたここの住所が、奴らのアジトかどうかはわからない。この廃ビルを買うだけのつもりだったのかもしれない」

「将来的にスピードカムの製造工場として使うつもりだったということか？　確かに目立たない場所だ。だが、どちらとも言えない。もう少し様子を見よう」ジヒョンがパワーウィンドーを下げた。「湿った風だな。海が近いからか？」

「おれはあんまり海風が好きじゃない。シティボーイだから、海の匂いが苦手なんだ。何かベタベタした感じがしないか？」

「わたしはソウル生まれ、ソウル育ちだ」ジヒョンが大きく息を吸い込んだ。「ソウル市民にとって、海はそれほど身近と言えない。好きも嫌いもない」

「そういうもんか」

うなずいたジヒョンが、窓から頭を出した。危ないぞと言った陽平に、お前も窓を開けろと囁いた。

「何だ、どうした？」

「匂わないか」

「匂い？」

陽平は窓を下ろして、外に顔を向けた。建ち並んでいるのはアパート、またはマンションなどが主で、いずれも外壁の状態などから考えて築三十年近いようだ。人が住んでいるように見えないものまであった。

「何の匂いだ？　おれにはわからない」

「ケミカルな匂いだ」ジヒョンがつぶやいた。「薬品かもしれない」

犬みたいなことを言うんだな、と陽平は窓を閉めた。

「よく知らないが、この辺りには工場もあるはずだ。その中には薬品工場もあるだろう。そういうところから漂ってくるんじゃないか？　少なくとも、おれは別に――」

「確かに、微かではある」ジヒョンが座り直した。「だが、匂うのは間違いない……どこからだ？」

　そんなことわかるわけないだろうと答えて、陽平は車を走らせ続けたが、裏手に差しかかったところでブレーキを踏んだ。

「どうした？」

「さっきは気づかなかったが、あそこにビニール袋がまとめて捨ててある」徐行運転をしながら陽平は指さした。「ほら、そこのスチールデスクの陰だ。山になってるのがわかるか」

　見える、とジヒョンがうなずいた。

「あれがどうした？」

「赤いロゴが印刷されている。SPARKって書いてあるだろ」

「だから、それがどうしたんだ」

「S&Pっていう中規模のコンビニチェーンと、何とかっていう安売りのウイスキーとワインの販売会社が合併して作った、新しいチェーン店だ。テレビのニュースで見たんだが、確か先月できたばかりのはずだ」

　要点を言え、とジヒョンが肩を押した。陽平は静かに車を停めた。

「合併して、社名変更した。ＳＰＡＲＫっていうのがそれだ。その新しいロゴが入ったビニール袋にゴミを詰めて捨てている。つまり、あのゴミは前からあそこにあったわけじゃない。最近捨てられたんだ」

「近所の住人がそんなことをしたのか。モラルハザードな国民性だな」

「そりゃ言い掛かりだ。モラルハザードな人間が捨てているにしては、やけに整頓されている。おそらく、あそこをゴミ捨て場にしてる人間がいるんだ。外から投げ入れたとか、そんなことじゃない。中に入ってるものが見えるだろ？　ペットボトルやビールの空き缶なんかだ。他に弁当の容器なんかもあるな」

「つまり？」

「生活感がある。この廃ビルには、やっぱり誰かが住んでいるのかもしれない」

　車を出せ、とジヒョンが指示した。

「この先まで行け。目立たないところで停めろ」

「この辺は駐停車禁止だ」陽平はすぐ横にあった標識に向かって顎をしゃくった。

「警察官のおれが駐禁で捕まったら、いい笑い者になる」

「お前の車じゃない。減点も罰金もインチェルが被る」

「死んでるんだぞ」

いいから停めろ、とジヒョンがダッシュボードを強く叩いた。わかったよと答えて、陽平はガードレールの切れ目にベンツの片側を乗り上げる形でサイドブレーキを引いた。

「ここならいい」ジヒョンが後方を振り返った。「ビルからは見えにくい」

「それでどうする？」

「行くぞ」ジヒョンが車を降りた。「確認する。警察官の基本だ」

はいはい、とうなずいて後を追った。緩いカーブを曲がって二百メートル近く進むと、廃ビルの裏手が正面に見えた。数十メートルの距離を速足で近づいた。

敷地全体が金網で囲われていたが、道路側に南京錠のかかった薄いドアがあった。金網越しに敷地内を覗き込んでいたジヒョンが、吸い殻があるとつぶやいた。

「どこだ」

「あの赤い缶だ」陽平の隣に立って、奥を指さした。「見ろ、結構な量だ。この廃ビルは金網で柵がしてある。誰も入れない。ゴミが一カ所に集まっているのは偶然と言えなくもないが、吸い殻は違う。意図的にあの缶に捨てている。お前が言った通り、このビルには誰かがいるのだろう。間違いない」

入るぞ、とジヒョンがポケットから金属片を取り出した。

「何だ、それは。アーミーナイフか？」陽平は眉をひそめた。「何でそんなものを持ち歩いてる？」

「ソウル警察の標準装備だ。アーミーナイフじゃない。日本では何と呼ぶんだ？　バンノウナイフか？」

金属片を器用に開いたジヒョンが小さなニッパーを引っ張り出し、金網を切断し始めた。おい待て、と陽平は慌てて止めた。

「何をしてる。誰のものか知らないが、ここは私有地だ。この金網だって、所有者が取り付けたんだろう。それを壊したら立派な器物損壊罪だ」

「捕まればそうだが、誰も見なければ犯罪にならない」

「なるよ、馬鹿。何言ってんだ？　おい止めろって。まさか、ここから中に入る気か？　それは不法侵入だ。令状もないのにそんなことをしたら、マジでマズいことになるぞ」

「気にするな」

「するよ！」

ジヒョンが要領よく数カ所の金網を切り取り、下部を押して曲げた。一メートルほどの穴ができた。

「先に行く」

それは本当の犯罪だ、と陽平はジヒョンの腕を押さえた。

「ここで待とう。有坂(ありさか)さんたちがこっちに向かってる。こんな形で中に入って、何か証拠を見つけたって、そんなの裁判じゃ認められないのはわかるだろ。上から指示が出るまで待機(たいき)だ。ここが本当にインチェルを殺した人間のアジトだとしたら、中に銃を持った暴力団員がいるかもしれない。危険過ぎる」

「怖いのか」

「馬鹿、そんなこと言ってないだろ」陽平は辺りを見回した。「そもそも、これは違法捜査だ。許されることじゃない」

「大丈夫だ、わたしが独断で動いたと言え」ジヒョンが空いていた左手で陽平の肩を突いた。「韓国の警察官が法を逸脱(いつだつ)する行為をしても、日本のマスコミは警視庁を責めたりしない。責任はわたしが取る。何か言われるとしたらわたしであり韓国警察だが、帰国してしまえばそんな声は聞こえなくなる」

「そっちはそれでいいかもしれないが、こっちのことも考えてくれよ」何を考えてるんだ、と陽平は頭を抱えた。「おれにも立場ってものがある。そっちに責任を問えないってことになれば、結局はおれが怒られるんだぞ」

そんなことを言ってる場合か、とジヒョンが陽平の腕を払った。

「何かがおかしい。誰がいるのか、中で何をしているのか。調べないわけにはいかないだろう」

それだけ言って金網をぐり抜けた。勘弁(かんべん)してくれ、と呻(うめ)きながら陽平はその後に続いた。

2

雑草の生(お)い茂る裏庭を素早く横切ったジヒョンが、廃ビルの裏にあったドアに忍び寄った。姿勢を低く、と手で合図する。

どうして命令ばかりするんだ、とつぶやきながら陽平は鉄製のドアに触れた。

見ろ、とジヒョンが上を指さした。監視カメラがあった。動いてる、と囁いた。

「横に小さな赤いライトが点灯しているだろう。ここは廃ビルじゃなかったのか。電気はどこから来てる?」

管理会社か不動産屋が取り付けたんだろう、と陽平は答えた。

「さっきも言ったが、ホームレスや不法入国した外国人なんかが、こういう廃ビルで暮らしている例は多い。それだけならいいかもしれないが、火でも使われて火事になったら面倒だから、監視カメラを設置していてもおかしくない」

「おかしいだろう。こんな築何十年のビル、燃やしてほしいぐらいじゃないのか」

「無茶なことを言うな。近くには民家だってある。燃え広がったら管理会社の責任問題になるんだ。賠償だってしなきゃならなくなるだろう」

それもそうか、とうなずいたジヒョンが風になびく髪の毛を押さえた。

「それにしても、電気が通じてるのはどういうことだ？　お前の言う通り、バブル期の遺物だとしたら、少なくとも建てられてから三十年近い。その間ずっと電気が通っていたのか？　それこそ誰が料金を支払っていたんだ。おかしくないか」

「たいした額じゃないだろう」陽平はドアに耳を当てた。「何も聞こえない。誰もいないんだろう。戻って、有坂さんたちが来るまで――」

ジヒョンが無言でドアノブを回した。きしんだ音と共にドアが開く。

マジかよ、と陽平は頭を押さえた。施錠していないのか、とつぶやいたジヒョンが中に足を踏み入れた。

「待てってば、本当にこれはマズいことに……」

さっさと来い、とジヒョンが陽平の腕を取って強く引き、同時にドアを閉めた。目の前に廊下が広がっている。壁には数メートル間隔で、グリーンの非常灯が灯っていた。

「薄暗いな。よく見えないぞ」

「動くな。足元を見てみろ」

しゃがみ込んだジヒョンが床を指でこすった。何なんだ、と陽平も膝を曲げた。

「小姑か、あんたは」

おかしくないか、とジヒョンが指を突き付けた。

「三十年とは言わないが、少なくとも十年前後、このビルには誰も入っていないはずだ。違うか」

「だったらどうした」

「埃が溜まっていない」ジヒョンが素早く左右に目をやった。「壁際には結構な量の埃がある。だが、この扉の前は比較的きれいだ。誰かが出入りしていたということになる」

「そりゃ、管理会社なり不動産屋は定期的にメンテナンスに入ってるだろう」陽平は立ち上がった。「壁を見てみろよ。壁紙はボロボロだし、天井だって何カ所も破れてる。建築途中で放置されていたなら、崩落する危険性もある。管理する側としては、確認の必要があるだろう。ドア前がきれいなのは、そのためなんじゃないか」

そうだろうか、とジヒョンが指先をハンカチで拭った。

「確かに、何の音もしない」腰を上げて歩き出した。「人の気配がないのも本当だ。やはり誰もいないのか……では、それならなぜインチェルはここの住所をナビに登録していたんだ？」

「知らないよ。女と会ってたのかもしれない。廃ビルでエッチするのが好きな変態がいるって、週刊誌で読んだことがあるぞ」

下品なことを言うのは止めろ、と首を振ったジヒョンが廊下を歩いていく。二十メートルほどあるだろうか。かなり長い。左右にはドアがいくつかあった。

中には何もない。基礎の鉄骨が剝き出しになっているだけだ。建築中に業者が逃げたのかもしれない。

オフィスを作ろうとしていたようだが、内装工事も終わっていなかった。人間が働けるような空間ではないだろう。

「フロアの規模やドアの配置から言って、マンションじゃないな」陽平は廊下の奥へ向かった。「どこかの会社に貸して、賃料を取ろうとしていたんだ。考えられないな、ここだとどこの駅からも遠い。ゆりかもめか、山手線の浜松町が最寄り駅になるのかな？　どっちにしたって、徒歩だと二十分以上かかるだろう。こんなところにオフィスを作って、借り手がいると思ったのかな。頭がおかしくなってたんじゃないか」

奥にエレベーターがある、とジヒョンが囁いた。ボタンを押したが、ドアは開かない。隙間から覗き込んだ陽平が、箱は上の方にあると言った。

「三階だ。エレベーターの電気は止めてるんだな。だからドアも開かないし、エレベーターそのものも動かないんだ」

ジヒョンが壁を叩いた。すぐ横に階段があった。

上がってみよう、と足を踏み出した。面倒だな、とつぶやきながら、陽平はその後に続いた。

二階の廊下を歩き、フロア全体を見回った。一階と比べて、オフィスとしての環境が整っているのがわかった。デスクの類が整然と並んでいる部屋もある。

荒れ果てているのは同じだったが、二階は内装もかなり進んでいた。トイレにも便座が設置されている。

「水は通ってるんだな」男性用の個室を調べながら、陽平は便器のレバーに触れた。「ほら、水が流れるぞ」

「わからないな。部分的にだが、電気も通っているし水も使えるのか。誰もいないのに、そんな必要があるか？」

ジヒョンが首を捻った。工事関係者のためだろう、と陽平は言った。

「建設を請け負った作業員が使用していたんじゃないか。あるいは、調べに来る管理会社の人間のためとか」

ないとは言わないが、とジヒョンがもう一度首を捻った。改めて確認すると、使用した形跡はなかった。トイレの床や便器にも埃が溜まっている。

誰もいないんだよ、と陽平はジヒョンの肩を叩いた。

「ただ、インチェルがここを麻薬売買の取引に使っていた可能性はある。だからナビに住所を登録していたんだろう。建物の中か、それとも敷地の裏庭とかで取引していた。そう考えれば辻褄が合う」

「なるほど」

「この廃ビルに第三者が出入りしてる形跡はない。頑丈じゃないが、南京錠もついていた。つけたのは管理会社か、それともインチェルなのかな？　いずれにしても、敷地内に入ってしまえば誰にも見とがめられない。都会の真ん中だけど、エアポケットみたいなもので、犯罪者にとって安全な場所と言っていいだろう」

経験もないのに知ったような口を利くな、とジヒョンが横を向いた。それぐらい常識だろう、と陽平は周りを見渡した。

「協力者が見つけてきたのかもしれないな。下手にホテルや店で買い手の麻薬中毒患者なんかと会ったら、誰かが怪しいと思う。そっちの話によれば、インチェルはずいぶん慎重な奴だったようだ。だとすれば、こういう廃ビルを選ぶのはむしろ必然だよ」

そうかもしれないとつぶやいたジヒョンが、廊下を横切った。逆側にも階段がある。壁に染みがついていた。

資材なのか、セメントの袋がいくつか積み上げられている。その横を通って三階に上がった。ここも同じだ、と陽平はジヒョンの肩越しに廊下を見つめた。リノリウムの床に段ボールが敷き詰められている。台車で何かを運び入れたんだ、とうなずいた。

「おれは総務部の出だから、こういうことには詳しい。壁や床に傷をつけると後が面倒だから、業者はこんなふうに段ボールや厚紙を貼って、オフィスに机とかキャビネットなんかを搬入する。特に貸しビルなら絶対だ。賃貸契約書に、原状回復っていう項目があるんだ。リノリウムを全部剥がして、もう一度張り替えるなんてことになったら、高くつくからな」

自慢されても困る、とジヒョンがぼそりと言った。

「さすがは総務部から来た刑事だ、と言えばいいのか？　知識をひけらかしても、別に感心するつもりはない」

「そんなことを言ってるんじゃなくて――」

「見ろ、このフロアを」ジヒョンが指さした。「二階と同じように、デスクやら何やらが置かれている。いや、もうちょっと整理整頓されているようだな。ここならすぐにでもオフィスとして使えそうだ。だが、麻薬を製造していた形跡はない」

「あんたみたいなエリート警察官にはわからないんだ」陽平はうつむいたまま愚痴

をこぼした。「面倒臭いんだぞ、面積計算とか。特におれたちみたいな公務員だと、余分なデスクなんかを購入するわけにもいかない。血税を無駄にするのかって、偉い人に怒られる。だから全体を正確に測って、適正な数を導き出す必要がある。そんな苦労も知らないで、隣の部署より狭くないかとか、ワガママばかり言う嫌な上司が必ずいるんだ。部署の面積がそのまま自分のグレードだと思ってるんだな。そんなわけないだろうって」

「まだ続くのか？」

「黙って聞け。フロアっていうのは、真四角だったりきれいな長方形だったりばかりじゃない。多少のデッドスペースはできるし、それは仕方ないんだ。それなのに、好き勝手なことばかり……」

静かにしろ、と手で制したジヒョンが、三階には何もない、とつぶやいた。

念のために他の場所も調べたが、給湯室のガス給湯器の表面が錆びていることや、スイッチを捻っても着火しないことがわかっただけだった。

「もういいだろう」陽平はジヒョンの肩を押して、階段へ向かった。「誰もいないし、何もない。そっちが思っているように、ここをコリアンマフィアがアジトとして使ってるなんてことはないんだ」

どうやらそのようだ、と悔しそうにジヒョンが唇を歪めた。

「誰もいないのは明らかだ。わたしが間違っていたらしい」

「さっさと出ようぜ」陽平は足を早めて階段を降りた。「こんな廃ビルでも、無断で入ったのがバレたらまずい」

その通りだ、とジヒョンが二階を通り過ぎて一階に降りた。最後にもう一度振り向いて、廊下を見つめる。思い込みだったのか、と肩を落とした。

行くぞ、とドアを開けた陽平の前を通って、外に一歩出た。その腕を陽平は強く掴(つか)んだ。

「何をする」手を振り払ったジヒョンが顔を真っ赤にして怒鳴(どな)った。「失礼なことをするな。誰も見ていなければ、何でもするのか？」

静かに、と囁いて、陽平はゆっくりドアを閉めた。ジヒョンの顔に口を近づける。

「止めろ、わたしはそういう――」

頼むから静かにしてくれ、と陽平は耳元で言った。ドアに手をつき、ジヒョンを見つめる。

「……カベドンとかいうのが、日本では流行(はや)っているそうだな」ジヒョンが顔を背(そむ)けた。「馬鹿な風習だ。何をいったい――」

このビルは変だ、と陽平は小声で言った。

「絶対におかしい。一階と二階の廊下の長さが違う」

「何を言ってる」離れろ、とジヒョンが陽平の体を押した。「どういう意味だ？」

「おれは総務部に五年ほどいた」

「ずいぶん長いな」

「黙って聞け。担当を任されていたのは、フロアのレイアウト関係だった。図面だって読める。その辺の素人総務マンとは違うんだ」

何を威張ってる、とジヒョンがしかめっ面になった。いいか、と陽平は背後を指さした。

「そういう仕事をしていたから、無意識のうちに廊下の幅や長さを計算する癖がついてる。一種の職業病で、体に染み付いてるんだ。正確な数字はとにかく、違和感があればわかる。二階に比べて、一階の方が三、四メートル短い。そっちみたいなエリート警察官と違って、こっちは本物の叩き上げだ。皮膚感覚でわかるんだ」

結論を言え、とジヒョンが左右を見た。一階の壁が分厚いんだ、と陽平は唇を動かした。

「だが、わざとそんな構造にするわけがない。無意味なデッドスペースを作って、誰が得すると？　早い話、カモフラージュしてるんだ。廊下の奥に隠し部屋がある。間違いない」

「どこだ？」

奥だ、と陽平はエレベーターの方を見た。

「どうやってるのかはわからないが、壁を本来の位置より手前にずらしている。階段の下部に空間があるんだろう」

「そんなことができるのか」

「素人が日曜大工でやるのは無理だろうが、別に難しいことじゃない」ついてこい、と陽平は歩き出した。「あの壁があるべき本来の位置よりこちら側になってる。絶対だ」

進み出たジヒョンが壁を拳で強く叩いた。異常な音などはしない。ただの壁じゃないか、とつぶやいた。

「周りと比べても何も変わらない。薄汚れたモルタルだ。上から壁紙が張ってあるが、それだって同じだし――」

陽平は壁に手を当てて、上から調べ始めた。何度も数センチ刻みで押していく。しばらく続けていたが、ここだ、と膝の高さで手を止めた。

「触ってみろ。もっと下だ」

ジヒョンの手を取って、壁に押し当てた。へこんでいるな、とジヒョンが緊張した表情で言った。鍵穴だ、と陽平は囁いた。

「うまいことやってる。こんな下にあるとは誰も思わないからな。鍵穴と言ったが、ちょっと違う。たぶん指紋認証センサーか何かだ。登録している人間がそこに指を当てると、隠し扉が開くんだろう」

「まさか、そんな……」

「ここから中へ入れるんだ」陽平は大きくうなずいた。「確信がある。おれを信じろ」

入れないのか、とジヒョンが足で壁を蹴った。

「中を調べたい」

「そんなことを言ってる場合じゃない」離れろ、と陽平はジヒョンの腕を強く引いた。「中に誰かがいるかもしれない。人数もわからない。おそらく、空間としては六畳間以上あるだろう。四、五人いてもおかしくない。逃げよう」

「なぜだ」

「こんなところに隠し部屋を作ってるんだぞ?」急げ、と陽平は床を蹴った。「それだけでも、まともな人間じゃないことがわかる。そっちが言ってた通り、中で麻薬だか何だかを製造してるんだ。だとしたら、おそらく武装している。人数だってもっと多いかもしれない。そんな連中とやり合ってどうする?」

「しかし、証拠が必要だ」ジヒョンが陽平の腕を払った。「中にいるというのなら、むしろ好都合だ。全員確保する」

「馬鹿か、お前は」陽平はジヒョンの腕を摑んで、引きずるようにして壁から離れた。「こっちは二人だぞ。多勢に無勢ってやつだ。逃げるが勝ちって言葉を知らないのか？　負けが見えてる喧嘩はしたくない。それどころか、最悪殺されちまうだろう。外へ逃げて、有坂さんたちが来るのを待とう。それから調べたって遅くない」

もう遅い、とジヒョンがつぶやいた。なぜだ、と言いながら、陽平は言葉の意味を理解した。音もなく、壁が左右に開き始めていた。

逃げろ、と陽平は廊下を走りながら背後を振り返った。背広の男が二人、そして汚れた作業着姿の男が三人、中から出てきた。それぞれ、ナイフや鉄パイプなどを手に持っている。

「ジヒョン、何をしてる！　さっさと――」

叫びながら廊下の端にあった階段に飛び込んだ。おそるおそる顔を覗かせると、男たちがジヒョンを取り囲んでいた。

廊下の幅は狭い。左右に一人ずつ、そして正面に三人の男が立ち塞がっていた。

ジヒョンがジャケットを脱いだ。

「誰か、助けてくれ！」

陽平は怒鳴ったが、無意味だとすぐわかった。いくら叫んでも外には聞こえないだろう。

「ジヒョン、逃げろ！　五対一で戦っても、勝てるわけない！」

男たちの全身から、暴力の匂いが漂っていた。その辺の半グレとは違う。暴力を生業としているのだとわかった。

警察に奉職して七、八年経つ。警察官の義務として、柔道、剣道あるいは格闘術などの練習はしていたが、実戦と違うことはよくわかっていた。武術の有段者でも、喧嘩慣れした人間との戦いでは、いいところ五分五分ではないか。

しかも、相手は武器を持っている。三人は大型のナイフだ。自分やジヒョンの手に負える連中ではない。

建物から出て、助けを求めるべきだと思ったが、仲間が待ち受けているかもしれない。それに、ジヒョンを見捨てて逃げることはできなかった。

何とかしなければならないが、何も思いつかなかった。スマホに触れたが、電源は入らない。バッテリー残量がないのだ。

空気が動いた。顔を上げると、正面の男がジヒョン目がけて振りかぶった鉄パイプを凄まじいスピードで打ち込んでいた。

思わず顔を背けたが、金属音がして目を開いた。鉄パイプが空を切り、床に当たっていた。間一髪でジヒョンが避けたのだ。

左右からナイフが突き出される。柔らかい身のこなしでスウェイしたジヒョンが、体を横に倒した。右足が床と水平になる。

足首を左右に振って、二本のナイフをはたき落とした。手よりも器用な足さばきだった。

弾き飛ばされたナイフを男が拾おうと屈んだが、その顎にジヒョンの強烈な蹴りが入った。悲鳴を上げて男が転がる。

容赦なく、ジヒョンが顔面を踏み付けた。空気の漏れたような音がして、男が動かなくなった。

ジヒョンが足を離すと、血まみれになった男が体を痙攣させていた。

「何だ、てめえ」真正面にいた先頭の背広男が鉄パイプを横に払った。「何しやがる！」

「無駄な抵抗は止めろ」ジヒョンが感情のない声で警告した。「武器を捨てて投降しろ。ケガをさせたくない」

ふざけたことをぬかすな、と背後に立っていた体格のいい男が嗤った。手に持っているのは、ナイフというより刀に近い長さだった。

「お前、いったい何だ？　女刑事か？」

「ソウル特別市警察警衛、ソン・ジヒョン」ジヒョンが握りしめた左の拳を前に出した。「繰り返す。今すぐ投降しろ。無意味な流血は避けたい。わたしは暴力が嫌いなのだ」

そうは見えない、と陽平は床に転がっていた男に目をやった。左側にいた男がナイフを拾って動く。

その瞬間、ジヒョンが体を回転させ、足の甲で手首を蹴った。鋭い悲鳴。男の手からナイフが落ちた。

「折れた！　折れた！」

叫んだ男がその場に膝をついた。だから止めろと言ったのだ、とジヒョンが鼻の下を親指で拭った。

「大袈裟過ぎるぞ。手首の骨が折れたぐらいで死にはしない」

おい、と背広の男が顎を左右にしゃくった。憎々しげな表情を浮かべた若い作業着の男が左へ、体格のいい男が右に回った。

「そっちこそ、無駄な抵抗は止めるんだな。どうやってここのことを知った？　どこまでわかってる？」

「悪党に答える義務はない」ジヒョンが面倒臭そうに左右に目を向けた。「くどいようだが、わたしは警告したぞ。その男には手加減したが、この先は保証できない。わたしにはやり過ぎるところがある。いつも師に怒られていたが、止めを刺さずにはいられないのだ。命のやり取りをしたいのか？」

「ずいぶんなハッタリだな、ねえちゃん」背広男が刀の鞘を外して、床に投げた。「同じセリフを返すぜ。人を殺すのは初めてじゃねえんだ。素人と一緒にすんな。全部吐いてもらうぞ」

そうか、とジヒョンが構えを解いた。両手首と両足首を強く振る。左右から襲いかかった二人の男に、同時にパンチを放った。
人間にできる動きではない。右手と左手を伸ばして、カウンターのストレートを的確にヒットさせたのだ。
二人の男が同じタイミングで仰向けに倒れた。悲鳴すら上がらない。一発で意識を失っていた。

「……何だ、今のは。空手か？」背広男が上着を脱ぎ捨てた。「妙な技を使うじゃねえか」

「テコンドーだ」ジヒョンが片足立ちになった。「空手だと？　そんなものと一緒にするな。わたしは韓国の国技であるテコンドー鷲龍青派の正統な後継者なのだ」

畜生、と喚きながら男が上段に構えた刀を振り下ろした。凄まじいスピードに、空気が鳴る。陽平の目では追い切れない。

だが、ジヒョンの表情には余裕があった。

遅いな、とジヒョンが右のローキックを男の臑(すね)に当てた。

「無駄な力が入り過ぎている。肩の力を抜け。腕力だけはあるから、チンピラ相手ならどうにでもなっただろうが、わたしのような武道の有段者には通じないぞ」

ジヒョンの足が小刻みにステップを踏んでいる。そのたびにローキックが臑に当たって、乾いた音を立てた。四発目で男の顔が歪んだ。

「てめえ……ぶっ殺してやる！」

「元気がいいな。かかってこないのか。それなら、こちらから行くぞ」

畜生、と怒鳴った男が腰の辺りに刀を構えたまま、突進した。テクニックでは勝てないと見切り、パワーで圧倒しようと考えたのだろう。

だが、ジヒョンにとっては想定内の動きだった。というより、そうさせるためにローキックを連発していたのだと陽平にもわかった。

闘牛士(とうぎゅうし)のように華麗(かれい)に身をかわしたジヒョンが、男の側頭部に回し蹴りを入れた。凄まじい音と共に、男の体が壁に叩きつけられる。

立ち上がったジヒョンがジャンプし、正面からの蹴りを顔面に放った。折れた歯が飛んだ。

着地したジヒョンが、更(さら)に膝を顔面に入れる。男の口と鼻から真っ赤な血が飛び散り、前のめりに崩れた。

「もう止めろ」陽平は腕を摑んで制止した。「それにしても、凄いな。映画みたいじゃ――」

こっちへ来い、とジヒョンが腕を強く引いた。どうした、と言いかけた陽平の足元で炸裂音が連続した。銃声。背後に目をやると、革靴のつま先が見えた。

「走れ、他にも仲間がいる」ジヒョンが低い姿勢で走り出した。「二階か、それとも三階にいたのか。どうして気づかなかった?」

靴音がこだました。振り向くと、五人の男が拳銃を構えていた。

一斉に発砲すると、床、そして横の壁、天井に弾丸が突き刺さった。

「マジで撃ってるぞ!」

「逃げろ!」

ジヒョンに引きずられるような形で走った。廊下の奥にある階段を駆け上がる。足音と怒声、そして銃声が交錯した。階段を踏み外して転げ落ちそうになった陽平をジヒョンが片腕で支えた。

「立て、走れ」死にたいのか、と怒鳴り上げた。「そっちだ」

陽平は二階に飛び込んだ。手近にあったドアを開き、中に入る。足と膝が、これ以上ないほどの速さで震えていた。

這うようにして奥へ進み、中央にあったデスクの下に身を隠したが、何をしてる、とジヒョンが戸口から叫んだ。

「手伝え、奴らを入れるな」両手でスチールの重いデスクを引きずり、ドアの前に積み上げ始めた。「バリケードを作るんだ。お前は反対側のドアへ行け。さっさとしろ！」

無理だ、と陽平はつぶやいた。恐怖で体が動かなくなっている。頭を抱えて、身を縮めているしかなかった。

臆病者、と罵ったジヒョンが、逆側のドアへ走っていく。何もできないまま、その背中を見つめた。ふざけんな馬鹿野郎、とつぶやきが口から漏れた。元はと言えば、お前の責任じゃないか。敵の数さえわからないまま、アジトに乗り込めば、迎え撃たれるのは当然だ。

監視カメラを見つけた時点で、中に誰かがいる可能性は十分に予測できた。ここは敵のアジトで、つまりホームだ。

作戦もなしに突っ込んでどうなると思っていたのか。頭、悪いんじゃないのか。テコンドーのチャンピオンだか何だか知らないけど、腕力で物事が片付くと思ってたら大間違いだ。

その点、自分は後先を考えた。ちゃんと上司にも報告している。すぐにでも助けに来てくれるはずだ。

　あれから何分経った？　有坂さんは今どこだ？

　もう一度スマホに触れたが、反応はなかった。これは計算違いだった、とポケットに戻す。充電切れまでは、想定していなかった。

「敵は五人だ」ドアのところから廊下を睨んでいたジヒョンが叫んだ。「間違いない。足音を数えた。奴らは五人しかいない」

「こっちは二人しかいない」陽平はうつむいたまま首を振った。「しかも向こうは全員銃を持ってる。どうにもならない。降伏しよう」

「無抵抗で殺されるような馬鹿な真似はしたくない」ジヒョンがドアの隙間からするりと抜け出した。「お前は降参でも何でもすればいい。嬲り殺しにあうだろうが、自分の選択だ。止めはしない」

「待て、どこへ行く？」

「エレベーターだ」

「何言ってんだ。エレベーターは動かないぞ」

「三階で停まってる。お前も見ただろう」ジヒョンの声だけが聞こえた。「エレベーター坑から降りて、一階に出る。奴らが見ているのは上だけだ。後ろには目がない。たかが暴力団員だ。不意をつけば五人だろうが十人だろうが倒せる」

「たかが暴力団員だけど、素人じゃない」待てって、と陽平はデスクの下から這い出した。「こういうことには慣れてる連中なんだ。おい、聞いてんのか、答えろ」

返事はなかった。代わりに男の太い声が聞こえた。

「刑事さんよ、出てきてもらおうか。二階にいるな？　もういいだろう。面倒は避けたい。殺したっていいんだが、そこまでする必要はない。お互い、痛み分けでいいじゃねえか。俺たちを逮捕しないと約束するなら、こっちも何もしない。ただ逃げるだけだ。追ってこなければそれでいい。どうだ、休戦といかないか」

とてもじゃないけど信じられない、と陽平は肩をすくめた。小学生でも、そんな言い分は信じないだろう。

呼びかけに応じて出て行けば、文字通り蜂の巣にされる。かといって、ここで助けを待っていても、有坂や他の刑事が間に合うかどうかわからなかった。自分で何とかするしかないのだ。

今、ジヒョンがエレベーターに向かっている。どうするつもりかわからないが、ドアをこじ開けて、エレベーター坑から下へ降りるつもりなのだろう。

そして一階のドアから奴らの背後に回り、急襲する。ジヒョンなら全員を倒せるかもしれない。

だが、不意をつけばの話だ。銃を持っている五人を相手に、正面から戦うのでは分が悪過ぎる。

奴らがジヒョンに気づけばどうなるか。五対一だ。勝機を見いだせるとしたら、奇襲攻撃しかない。そのために、何をすればいいのか。

逃げていても始まらないとわかった。ジヒョンが殺されれば、次は自分だ。奴らに躊躇する理由はない。ジヒョンが言った通り、嬲り殺しにされるだろう。賭けるしかない。ジヒョンが後ろに回ってるのを気づかれないようにする。そのためには立ち上がらなければならなかった。

足を震わせながら、一歩ずつ、ドアに忍び寄った。積み上げられているデスクと椅子のバリケードの隙間から手を伸ばし、細く開いた。

二人の男が階段の陰に隠れながら、銃を構えているのが見えた。足は階段の一番上にかかっている。銃を握る手だけが前に伸びていた。

ジヒョンは今どこにいるのか。エレベーター坑に入れたのか、既に降りたのか。いつ一階に着くのか。

どれだけの時間がかかるか、計算できない。直感に頼るしかないのだ。

「刑事さんよ、もう一度だけ言う。一分待とう。そこから出てこい。俺たちの要求は休戦だ。お互い、引こうじゃないか。あんたらも俺たちもこの廃ビルから出る。右と左に分かれよう。何もなかったことにすりゃあいい」

一人の男が階段を素早く上がり、銃口をドアに向けていた。休戦を申し込んできた人間のすることではないだろう。殺気が全身に漲っていた。

もう一人の男が後に続いた。やはり銃を構えている。

くそ、と陽平はつぶやいた。もうやるしかない。

「わかった！　話し合おうじゃないか！」

大声で叫んだ。声で陽平のいる場所を確認した二人が、うなずき合って左右に分かれた。

そのままドアに近づいてくる。銃は構えたままだ。薄笑いを浮かべていた。

「さっさとしろよ、馬鹿野郎！」陽平は手近にあった椅子を壁に叩きつけた。「どうした、話し合うんじゃなかったのか？」

左側の男の合図で、右にいた男が手を伸ばした。陽平はドアから離れ、距離を取って身構えた。

ノブがゆっくりと回り、ドアが開く。その瞬間を逃さず、積み上げられていたデスクと椅子のバリケードに体ごとぶつかっていった。

凄まじい音と同時に、男たちの悲鳴が上がった。二人の腰、肩、背中に重いスチールのデスクが乗っている。

片方の男は顔を思いきり椅子にぶつけたのか、大きく額が切れて血が噴き出していた。

よし、と小さくガッツポーズをしたが、バリケードはなくなってしまった。怒鳴り声と足音が聞こえた。残りは三人だが、全員が二階へ上がろうとしている。

陽平は奥のドアに走り、そのまま廊下に出た。振り返る余裕はなかった。必死で両足を回転させ、逆側の階段へ向かった。他に逃げ道はない。

「待て！」

声と同時に銃声がして、耳元を何かが掠めていった。冗談じゃない、とつぶやきながら階段に飛び込み、そのまま駆け上がった。

三階フロアの最初の部屋をスルーし、隣の部屋のドアを開けた。何かないか？身を隠すような場所はないか？

見渡したが、スチールのデスクとキャビネットが並んでいるだけだった。他には何もない。デスクの下に隠れられないだろうか。

かくれんぼじゃないんだ、と首を振った。すぐに見つかってしまうだろう。キャビネットは見るからに小さく、人間が隠れられるはずもない。階段から足音が聞こえてきた。まずい、すぐにでも奴らが来る。

奥に進むと、細長いロッカーがあった。どうにもならない。右から四番目の扉を開けて、体をこじ入れた。ぎりぎりだったが、どうにか収まった。

扉を閉めた時、部屋のドアが大きな音を立てて開いた。ロッカーの上部にあった隙間から覗くと、入ってきたのは二人の男だった。

両方とも黒のブルゾンを着込んでいる。短く刈り込んでいる頭髪、こけた頰がよく似ていた。

「ここは俺一人でいい」先に入ってきた男が握っていた銃を振った。「ヤスオは奥の部屋を調べろ。そっちまで逃げたかもしれん。大丈夫だ、あんなガキ、俺一人で十分だ」

「コイヌマは?」もう一人の男が振り向いた。「奴はどこに行ったんだ、兄ちゃん」

「知らん。気にすることはない」

最初の男が命令口調で言った。二人は兄弟のようだ。

「さっさと探せ。絶対に逃がすなよ。見つけたら殺せ」

わかってる、とうなずいた男が出て行った。部屋が静かになる。

陽平は小さく息を吐いた。気づかないでくれ。いや、ください。

男が足元のデスクを蹴った。油断している気配はない。凄まじい眼光で辺りを見回している。

慎重にひとつひとつのデスクの下を確認し始めた。キャビネットも見逃さない。全部の扉を開いて、内部に銃を突っ込んでいる。慣れた手際だった。

どうすりゃいいんだ、と陽平は狭いロッカーの中で頭を抱えた。ジヒョンはどこだ？　何をしてる？

あと三人いたはずだが、コイヌマとかいう男とやり合っているのか？

手間をかけ過ぎだ。さっさと倒して、助けに来いよ。それでも韓国のテコンドーチャンピオンか？

それとも、エレベーターを降りられなかったのか。だから言ったんだ。馬鹿な真似は止めろって。ジヒョンの考え方は、どこか現実離れしてるんだ。

いや、そんなことはどうでもいい。助けてくれ。誰か助けてください。奇跡を願って、ポケットのスマホを探った。

もしかしたら、バッテリーが一パーセントでも戻ってるかもしれない。そうしたら一一〇番に通報できる。

指が触れたのは脇のホルスターだった。自分が銃を持っていたことに初めて気づいた。有坂から銃の携行を命じられていたのだ。

震える手でボタンを外し、銃を握りしめた。スミス&ウェッソン38。鈍く光る冷たい銃身の感触を確かめながら、どうすりゃいいんだと額に押し当てた。

こいつは銃だ。武器だ。他人を殺傷することも可能な武器なのだ。

深川（ふかがわ）の射撃試験場での訓練を除き、射撃の経験はなかった。同期の中でも成績は最下位だった。

　恥ずかしいと思ったことはない。素人なのだし、日本の警察官で実際に市街地などで銃を撃ったことのある者は〇・〇一パーセントもないだろう。

　SATに入りたいわけでもなく、刑事ドラマのように犯人を射殺したくもなかった。日本の警察官にとって、そんなことは不要だ。発砲は悪でさえあると言っていい。

　上もそれはよくわかっている。だから、射撃訓練の成績が悪くても、それで叱責されるようなことはなかった。

　だが、今はそんなことを言ってる場合ではない。生きるか死ぬかの瀬戸際にいる。撃たざるを得ないのか。

　デスクとキャビネットを調べ終えた男がロッカーの前に立った。一メートル八十センチを優に超える大柄な男だ。

　無表情のまま、右から順にロッカーの扉を開き始めた。ひとつ、ふたつ、みっつ。

　次だ。歯を食いしばり、銃を握りしめた。どうする。どうすりゃいいんだ？

　男が四番目のロッカーのドアに手をかけた瞬間、凄まじい銃声が爆発するように響いた。腰の辺りで握りしめていた銃の引き金を、陽平は強く引いていた。

ロッカーの薄い鉄板を貫いて発射された弾丸が、男の太ももに当たった。十センチも離れていない。小学生でも撃てば当たる距離だ。技術ではなく、勇気があるかどうかだけだった。

左の太ももを手で押さえながら、男が横に倒れ、真っ赤な血が飛び散った。ロッカーから這うようにして出た陽平は、銃を捨てて抱き起こした。

「おい、しっかりしろ！　傷は浅いぞ！」

弾が命中したのは太ももの付け根辺りだった。出血が続いているが、傷としてはそれほど深くない。痛い痛いと男が喚きながら身をよじった。

「悪かった、撃つつもりなんてなかったんだ」陽平は脇の下に肩を突っ込んで、男の体を支えた。「ちょっと我慢しろ。すぐ病院に連れていく。死ぬなよ」

男が悲痛な声で叫んだ。それに重なるようにして、ドアが開く。さっきの男が戻ってきたのだ。血相が変わっている。悪鬼の形相で銃を向けた。

「止めろ、撃つな！」

制止する声より先に銃声がした。陽平は抱えていた男を放り出し、床に伏せた。手探りで捨てた銃を探し、狙いもつけずに二度撃ち返す。

当たらないどころか、見当違いの方向に弾が逸れていった。男とは十メートル以上離れている。ろくに射撃訓練をした経験のない陽平に命中させることができる距離ではなかった。

机の上に飛び乗った男が銃を構えている。とっさに手近の机の下に潜り込んだ。銃声。目の前の椅子の背に当たった。

首を引っ込めた。全身の毛が逆立つような感覚があった。手だけを伸ばして、一発撃つ。当たらない。

「ストップ、撃つな！　止めよう、こんなことしたって――」

三発の銃声が立て続けに響いた。陽平が隠れていた机に当たる。慣れているのか、狙いは正確だった。

オートマチック銃のカートリッジを男が取り替えていた。その隙に、陽平は隣にあった長机の下に体を移し、近づくな、と怒鳴った。

「一歩でも近づいてみろ、撃つぞ！　ケガしたくないだろ？　お母さんに心配かけちゃいけない。おれにもオフクロがいる。おい、止めろって、撃つな！」

男が続けて四発撃った。長机の下に移動したのは失敗だった。スチール製の机と違い、木製だ。

銃弾は簡単に貫通した。奇跡的に一発も当たらなかったが、もうどうにもならない。

くそ、とつぶやいて、長机の下から銃身を出した。慎重に狙いをつけた手が激しく震える。

男が銃を構えていた。先手必勝、と引き金に指をかけて、強く引いた。

一発が天井に当たり、二発目が壁にかかっていたカレンダーを撃ち抜いた。

狙ってもこれかよ、と唇を噛み締めながらもう一度引き金を引いた。弾は出なかった。

どうしてだ、と思ったが、理由はすぐわかった。スミス&ウェッソンには五発しか弾丸を装塡していない。全弾撃ち尽くして、弾切れになっていた。

警察官が予備の弾丸を持つことは、特殊なケースを除けばあり得ない。カートリッジを取り替えた男は、他にも弾を持っているのだろう。いくら刑事でも、丸腰ではどうにもならない。

「来るな！　今のは威嚇射撃だ。近づいたら次は狙って撃つぞ！」

怒鳴りながら辺りを見回した。さっきの男は意識を失って、仰向けに倒れている。

男の右手に銃があったが、距離は三メートルほどだ。途中に遮蔽物はない。近づけるとは思えなかった。

「弾がないんだな」男の低い声がした。「調子に乗って撃ってるからだ」

「ないわけないだろう。百発の予備がある。これ以上無駄な抵抗は止せ！」

銃声が響いた。長机に穴が開く。陽平は頭を低くすることしかできなかった。

「出てこいよ、もう終わりにしようぜ」男の足音が近づいた。「カッコ悪いぜ、刑事さん。そんなところに隠れて、最後は撃ち殺される？　みっともない死に方だな」

逃げられないか、と左右に目をやった。逆側のドアまで、十メートル以上あるだろう。

走れば二、三秒で辿り着けるが、銃弾は人間の足より遥かに速い。逃げられるはずもなかった。

足の影が目の前に見えた。男に躊躇はない。陽平の銃に弾が残っていないと見切っていた。

「出てこいよ」男が怒鳴った。「臆病な野郎だ」

いきなり目の前が明るくなった。長机が蹴り倒されていた。

顔を上げると、一メートルほどの距離を置いて男が立っていた。ゆっくりと銃を構えて、苦笑を浮かべている。

「馬鹿、撃つな。マジで殺す気か？」陽平は思わず正座していた。「お願いします、撃たないでください。殺人は重罪です。ぼくはあなたを刑務所に入れたいわけじゃないんだ」

男が引き金に指をかけた。陽平は床に突っ伏して、止めてくださいと叫んだ。銃声。

「何をしてる」

声がして、顔を上げた。男が倒れていた。

その後ろでジヒョンが銃を握っている。銃口から白い煙が立ちのぼっていた。

「……銃を持ってたのか？」

そんなわけないだろう、と苦々しい表情でジヒョンが言った。

「下にいた男から奪った。意外と手ごわい奴で、片付けるまでてこずった」

「いったいどうなってるんだ」震える膝を何度も叩いてから、陽平は足を踏み締めて立ち上がった。「こいつらは何なんだ？」

「ここから離れなければならない」ジヒョンが銃を下ろした。「急げ、歩けるか」

「歩けるけど、どうしてだ？　もう全員倒した。慌てなくてもいいだろう」

「こいつらには仲間がいる」ジヒョンが倒れていた男の体を足で蹴った。「下にいた男がそう言っていた。降りるぞ」

何が何だかわからないまま、陽平はジヒョンの後を追った。火薬の臭いが漂っていた。

Chapter 6 真相

1

仲間ってどういうことだ、と階段を降りながら陽平は聞いた。ジヒョンは何も答えない。

前後に油断なく視線を向けながら、歩を進めている。待ってくれ、と陽平は足首を押さえた。

「捻ったみたいだ。もうちょっとゆっくり――」

「奴らの仲間が来る」

立ち止まったジヒョンが、階段の下を見た。まだどこかに隠れてるのか、と陽平はおそるおそる首だけを伸ばした。

「そうとは思えない。そこまで広くないからな。さっきの十人しかいなかったんだ。仲間がいたのなら、そいつらも出てきたはずだし――」

違う、とジヒョンが首を振った。

「外から来る。ここへ向かってる」

「ますますあり得ない。おれたちがここへ来ることは、誰も知らなかった」

陽平は足首をさすりながら言った。逃げようとして捻ったのは本当だが、痛みは収まりつつあった。

「奴らにとっても、想定外の事態だった。外部に応援を呼ぶ時間はなかっただろうし、だいたいそれどころじゃなかったはずだ」

誰もいない、と廊下を見渡した。人の気配はなかった。

もう大丈夫だ、と足を引きずりながら一階へ降りた。早く出るんだ、と苛立ちを隠せないまま命じたジヒョンを無視して、奥の壁に歩み寄った。

「見ろ、ここに隠し部屋がある」数十センチの隙間に手を突っ込み、強引に押し開けた。「うまく偽装したもんだ。これなら不動産屋が建物内に入ってもわからなかっただろう」

足を踏み入れると、十畳ほどの空間があった。中学の理科室を思わせるような光景が広がっている。

スチールの長机が何本も置かれ、その上にビーカーやフラスコ、その他さまざまな実験用の器具が載っていた。

陽平は壁に沿って積み上げられていたアイスボックスの蓋を開けた。

「こいつは何だ？」

スピードカムの原料だろう、とジヒョンが答えた。

「ＬＳＤと同じように、化学合成して製造する。我々もまだ正確な組成原料を特定できていないが、ソライロアサガオやウッドローズのような植物性成分と、化学物質を組み合わせているのは間違いない。オーガニックとケミカルの混合だ」

「化粧品会社のコマーシャルみたいだな」

反対側の壁には高さ一メートル、幅三メートルほどの機械が設置されていた。仕組みは不明だが、この機械で原材料を混ぜ合わせて、精製しているのだろう。かなり強い酸の匂（にお）いがした。

「もういい。ここで奴らがスピードカムを製造しているのは間違いない。ここを出よう」

「何を焦（あせ）ってる？　これは証拠品だぞ。現場保存しないとまずい」

「何度言えばわかる？　それどころじゃない、奴らの仲間が来たら――」

外から車の音が聞こえて、ジヒョンが反射的に身構えた。マジか、と陽平は奥の壁にあった小窓から外を見た。

本当に仲間が来たということなのか。そんなはずはない。連絡を取っている時間はなかったはずだ。

「違うぞ、ジヒョン」車から降りてきた男の姿を見て、陽平は安堵の息を吐いた。「あれは味方だ」

陽平、と声がした。係長の有坂だった。背後に数人の男が立っている。海外麻薬取締課八係の刑事たちだ。

「奴らの応援なんかじゃない。おれたちを救うために来てくれたんだ」

陽平の手をジヒョンが上から強く押さえた。

「どうした、怖かったのか？　安心しろ、もう大丈夫だ」

隠れろ、とジヒョンが囁いた。

「わたしを信じて、ついてくるんだ」

「何を言ってる？　味方だと言ったろ。八係の刑事たちだ。おれの上司もいる。助けに来てくれたんだって――」

無言でジヒョンがポケットからバッジを取り出した。何だそりゃ、と言いながら陽平はその表面に目をやった。

「こいつは――」

「ここにいた奴らは日本人だった」ジヒョンが背後に目を向けた。「それは間違いない。雰囲気でわかるし、だいたい日本語を話していた」

「それはそうだろうけど……」

「胸にこのバッジをつけている者もいた。何だかわかるか」

「……砥田組の代紋だ」

「韓国でもそうだが、カンペは必ず自分の出自を明確にしようとする」馬鹿げた習慣だ、とジヒョンがうなずいた。「トダ組の名前はわたしも聞いたことがある。日本最大の暴力組織だな」

「そうだ。じゃあ、インチェルは砥田組と結託していたのか」

「間違いない。コリアンマフィアと日本のカンペが手を結んで、スピードカムを日本国内でさばこうとしていた。だが、ひとつ疑問がある」

「疑問？」

「インチェルとトダ組に、どんな接点があった？　インチェルは日本に何度か来ているが、長期滞在はしていない。ビザなしで入国できるのは九十日だから、それは間違いない。しかもインチェルは政治的な立場として反日論者だった。日本人が嫌いなのだ。それなのに、どうして日本のカンペを知っていた？」

「そりゃ、何かのコネクションがあったんだろう」

「そうかもしれない。在日のコリアンマフィアが仲介をしたのか。だとしても、信用できる者が間にいなければならない」

手を引きながらジヒョンが廊下に出た。放せよ、と陽平はその腕を払った。

「わたしたちがここへ来るのを、奴らは知っていた」待ち伏せていたんだ、とジヒョンが扉を指さした。「お前はこの隠し部屋の存在に気づき、誰かがここにいることを知った。そうでなければ、油断していたわたしたちは襲撃に備えることもできないまま、殺されていたかもしれない。では、奴らはなぜわたしたちがここへ来ることを知っていた？」

見張りがいたんだろう、と陽平は外へ顔を向けた。

「近づいてくる者がいれば、それを知らせるようなシステムがあったんだ。監視カメラかもしれない。あれで外部を見ていて、侵入者がいれば殺すって決めてたんじゃないか？」

そんなことあるわけがない、とジヒョンが失笑した。

「一般人でも警察官でも、この廃ビルに侵入してくる人間をいちいち襲っていたら、必ず誰かが奴らの存在に気づく。最も避けたい事態はそれだ。スピードカムに限らず、麻薬を製造できる場所はお前が考えているほど多くない。匂いや音もする。近隣住人が不審に思うこともあるだろう。この廃ビルほど条件が揃っているところはめったにない。ここは理想的なアジトだったんだ」

「だから？」

「奴らは隠れていればそれでよかった。騒ぎを起こしたりすれば、ここは使えなくなる。新しいアジトを探すのは時間がかかるし、資金も必要になる。ここでわたしたちを殺しても、面倒事が増えるだけだ。お前が隠し部屋に気づかなかったら、いや、気づいたとしても、ドアを固く閉めてわたしたちがここから出て行くのを待っていればよかった。万が一に備えてアジトは放棄するにしても、警察が来る前に、原材料や機材を持って逃げることもできただろう」

「そうだけど……」

「だが、奴らはそうしなかった。いきなり襲いかかってきた。しかも明確な殺意があった。それはわかっただろう？　奴らはわたしたちが敵だと知っていた。そうでなければ、あんなことは絶対にしなかったはずだ」

「じゃあ、どうしてだ？　何であいつらはおれたちを――」

「連絡があったんだ、とジヒョンが静かな声で言った。

「わたしたちがここへ来ると知っていた。同時に、わたしたちを処分しろという命令もあったのだろう。だから問答無用で攻撃してきたのだ」

そんなこと考えられない、と陽平はジヒョンから一歩離れた。

「誰が連絡したって言うんだ？　おれは誰にも言ってないぞ。言う暇なんてなかった。まさか、おれが砥田組と内通していると疑ってるのか？　見損なうな、おれはそんな男じゃない」

わかってる、とジヒョンがうなずいた。陽平はその日を覗(のぞ)き込んだ。

「……あんたなのか？　ジヒョン、あんたがコリアンマフィアにおれを売ったのか」

ふざけたことを言うな、とジヒョンが腕を引いて階段へ向かった。陽平、無事か、という有坂の声が外から聞こえた。

2

「聞いてるか、陽平」有坂が繰り返した。「どこにいる？　出てこい」

行こう、と前に出た陽平をジヒョンが押し戻した。静かにしろ、と囁く。

「おい、返事をしろ！」岸田(きしだ)という先輩刑事の声がした。「陽平、どこだ？」

陽平、と叫ぶ他の刑事たちの声も聞こえた。ここです、と答えようとした陽平の口をジヒョンが塞(ふさ)いだ。

「何なんだ、ジヒョン」放せ、と陽平が身をよじった。「助けに来てくれたんじゃないか。さっさと出て、本庁に戻ろう。事情を説明しないと――」

韓国の女刑事はどこだ、と有坂の声がした。

「裏に通用口がある。そっちに回れ」

「陽平、ケガはしてないか」岸田の声が切れ切れに聞こえた。「もう大丈夫だ。俺たちが来た。ここが麻薬製造のアジトだったんだな？　よく見つけたな。早く出てこい、病院へ連れていってやる。後のことは俺たちに任せろ。心配するな」

「ここです！」陽平はジヒョンの手を振り払って叫んだ。「一階にいます！　無事です。心配いりません」

馬鹿、と罵ったジヒョンが腹を肘で突いた。息が止まる。そのまま、引きずられるようにして階段を上がった。

「ジヒョン警部補は一緒なのか」

有坂の声がした。静かにしろ、と言いながらジヒョンが二階フロアに続く踊り場で足を止めた。何なんだよ、と腹を押さえながら陽平は唇だけで囁いた。

一階裏手の方から、鈍い開閉音が聞こえてきた。気づかなかったが、別のドアがあったようだ。陽平、という岸田の声と靴音がした。

二階階段の踊り場から、陽平は下を見た。靴音が近づいてくる。

最初に目に入ったのは、まっすぐ伸ばされた腕だった。両手が拳銃を握っている。見ている陽平に気づかないまま、岸田の緊張した横顔が通り過ぎていった。

どこだ、陽平、と岸田が怒鳴った。どうしてだ、と陽平はジヒョンに向かって囁いた。

「岸田さんは何であんな顔してるんだ？　銃を構える必要なんてないのに――」

上がってこい、とジヒョンが手招きした。言われるまま二階へ上がる。落ちていた板切れを拾ったジヒョンが、階段の下に向けて放った。銃声。岸田が撃ったのだ。

来い、と駆け上がったジヒョンが廊下を走り、倒れていた砥田組の男の体を飛び越えて部屋に入り込み、ドアを閉めた。

後に続いた陽平に、隠れろと手で示してからドアの陰に回る。岸さん、と陽平は怒鳴った。

「大丈夫です。もう敵はいません。撃つ必要はないんです！」

「二階か、陽平」声と共に駆け上がってくる足音がした。「どっちだ？」

二階には部屋がいくつかあった。それぞれが広いため、声が反響してどこから聞こえてくるのかわかりにくい。ここです、と陽平はもう一度叫んだ。

「さっきのはジヒョンです。敵じゃありません」

目の前のドアが大きく開いた。銃を構えた岸田が、油断のない構えで入ってくる。数メートルの距離を挟んで陽平と向かい合ったが、銃は下ろさなかった。

「女はどこだ」

目が血走っていた。どうしたんですか、と陽平は駆け寄ろうとした。

「いったい何でそんなに――」

ドアの陰から回り込んだジヒョンが、背後から岸田に組みついた。右手を逆に決め、そのまま自分の左腕を首に回して絞め上げる。

岸田が暴れたが、ジヒョンは離れない。くぐもった叫び声と同時に、岸田が壁に背中からぶつかっていった。

叩きつけられる形になったジヒョンの口から、苦痛の呻きが漏れた。岸田の手にあった銃が弾かれ、轟音が響いた。暴発だ。弾丸が壁に当たり、乾いた音を立てた。

床に落ちた銃をジヒョンが右足で蹴り飛ばした。右手を放し、何度も目を強くこする。

自由になった岸田の肘がジヒョンの腹にめり込んだが、首に巻き付いている左腕はそのままだった。一分も経たないうちに、岸田の首が垂れ、動かなくなった。

「ドアを閉めろ」

なおも首を絞めながら、ジヒョンが怒鳴った。陽平は飛びついて、ドアを叩きつけるように閉めた。

「おい、放せ！　死んじまうぞ！　どうなってるんだ？」

大丈夫か、と聞いた。見えない、とジヒョンが強く目をこすった。

「火薬が目に入った。水はないか」

「あるわけないだろう。あんまりこするな、かえって見えなくなるぞ。どういうことなんだ。何で岸田さんをこんな……」陽平は落ちていた岸田の銃を拾い上げて、ジヒョンに突き付けた。「もう止めろ、岸田さんは意識を失ってる。殺す気か？」

そうではない、とジヒョンが腕を解いた。くずおれた岸田の体が、床に転がった。

「やっぱりお前だったのか」動くな、と陽平は叫んだ。「インチェルと繋がっていたのはお前なんだな？　お前がインチェルを殺したのか。それだけじゃなく、日本の警察官まで殺すつもりなのか」

「ふざけたことを言うな」見えない、とつぶやきながらジヒョンが壁を手で探った。「ここにいたトダ組の男たちと連絡を取っていたのは、お前の仲間だ。海外麻薬取締課八係とかいったな。そいつらだ」

「そんなわけないだろう。馬鹿か、お前は」

手を上げてろ、と陽平は怒鳴った。ここまでジヒョンが馬鹿だとは思ってなかった。

八係の刑事が砥田組と関係があった？　そんなわけないだろう。

「いいか、ここにいたトダ組の連中はわたしたちを待ち受けていた。来るのを知っていたからだ」銃を貸せ、とジヒョンが手を伸ばした。「お前が暴力団と連絡を取っていないのはわかってる。一緒にいたからな。お前だって、わたしがそんなことをしていないのは知っているだろう」

そうだ、と陽平はつぶやいた。朝からジヒョンと行動を共にしていた。

インチェルのマンションでベンツを発見し、ナビでアジトの場所を知った。一緒にここまで車で来ていたが、その間、ジヒョンが不審な行動を取っていないのはわかっていた。

「だが、お前は一度だけ電話をしている」ジヒョンが淡々とした口調で言った。「上司のアリサカに報告をした。自分たちがどこにいて、何を見つけたか、どこへ向かっているかも話した」

「当たり前だろう。警察官として、上司への報告は絶対の義務だ」

「わたしが言いたいのは、アリサカだけがお前の居場所を知っていたということだ。どこへ向かっているかもな。アリサカ以外、ここにいたトダ組の連中に連絡を取ることが可能な人間はいなかった。アリサカはお前とわたしが真相に近づいていることを知り、処理しなければならないと考えた。わたしたちを殺すように命令したのだ」

いいかげんにしろよ、と陽平はジヒョンの胸倉を摑(つか)んだ。

「なめるな。有坂さんはそんな人じゃない。あの人は真面目(まじめ)な刑事だ。おれにはわかる。部下だからな。有坂係長は――」

見ただろう、とジヒョンが目を指で押さえた。

「このキシダという刑事は、警告なしに撃った。アメリカの警察官だって、そこまで無茶はしない。日本の刑事ならなおさらだ。世界一銃器の取り扱いには慎重だと聞いているが、違うのか。発砲しただけで処分対象になるそうだが」

それは、と陽平は口を閉じた。理由があれば、日本の警察官でも銃を撃つことは認められている。

だが、その基準が厳しいことは確かだった。少なくとも、警告なしで撃つのは常識的に考えられない。

「この男はいきなり撃ってきた」ジヒョンが足で岸田の体を押しやった。「最初から撃つつもりだった。わたしとお前を殺す気だったからだ。そうでなければ撃つはずがない。違うか」

「だけど――」

混乱していた。確かにジヒョンの論理は正しい。なぜ岸田は撃ったのか？　その答えはひとつしかない。

そんなはずない、と陽平は叫んだ。有坂、岸田、そして他の八係の刑事の顔が頭に浮かぶ。そんな人たちじゃない。何かの間違いだ。

「陽平、早く出てきてくれ」外から有坂の声が聞こえた。「とにかく出てくるんだ。お前を助けたい」

「助けたいって」陽平はつぶやいた。「助けるも何も……」

「聞こえるか、陽平。早く出てきてくれ」有坂の声に焦りが混じっていた。「ジヒョン警部補を俺たちに渡してくれればそれでいい。悪いようにはしない。お前のことは守る」

どういう意味です、と陽平は叫んだ。

「何が起きてるんですか。係長、あなたがここにいた砥田組の連中に、ぼくたちが来ることを知らせたんですか？」

「お前のことは撃つなと言ってある」有坂の怒鳴り声がした。「本当だ、信じてくれ。そんなつもりはない。お前は仲間だ。俺の部下だ。殺すつもりなんかない」

「説明してください！　それじゃ意味がわかりません」

「わからなくていいんだ。詳しい事情を知る必要もない」有坂の声が柔らかくなった。「何もなかった。お前とは関係ないところで起きた事件だと、上には説明する。ジヒョン警部補が単独行動を取り、ここで砥田組の組員と撃ち合って死んだ。それでいいじゃないか」

「いったい何なんです？　係長だけじゃない。岸田さんも、他のみんなも、何をしてるんですか」体から力が抜けていくのを感じながら、陽平は叫んだ。「ジヒョンは負傷しています。暴発した銃のせいで、目が見えないんです。救急車を呼んでください！」

余計なことを言うな、と吐き捨てたジヒョンが陽平の腕を摑んで、ここから出ると囁いた。

「逃げるんだ。この部屋にいることはもうわかっただろう。このままでは殺されるぞ」

「どこへ逃げるって言うんだ？」

上だ、とジヒョンが指さした。

「三階へ連れていけ。これだけの建物だ。屋上があるだろう。どこかにドアもあるはずだ。それを探せ」

理由があるんだ、という有坂の悲痛な叫び声が聞こえてきた。

「お前にもわかるように、後で全部説明する。納得できる理由がある。今はジヒョン警部補を我々に引き渡せ。それで万事丸く収まる」

引き渡したらどうなるんだ、と陽平は頭を振った。殺されるだろう、とジヒョンがつぶやいた。

陽平は無言でジヒョンの手を取り、廊下に出た。階段を上がり、三階を目指す。

有坂の声が聞こえなくなった。

「急げ、奴らが来るぞ」

苛立ったようにジヒョンが足で段を探りながら昇っていく。わかってる、と答えて三階の廊下を奥へ進んだ。非常扉、と表示されている薄い扉があった。

こっちだ、とジヒョンの肩を押して誘導すると、下の二階フロアからいくつかの足音が聞こえた。ドアが開く音と、陽平、という押し殺した叫び声が響いた。

「さっきの部屋を調べているんだろう」非常扉をゆっくり開きながらジヒョンが言った。「躊躇はないぞ。わたしを殺すつもりだ。おそらくお前のことも」

「どうしてそんなことを?」

ジヒョンの手を引きながら、陽平は非常階段を上がった。

「奴らはトダ組と手を組んでいた」ジヒョンのつま先が段に引っ掛かり、よろめいた。「昨日今日の話ではない。相当昔からなのだろう。同時に、都内のコリアンマフィアとの接触も日常的にあった」

「それが八係の仕事だからな」

陽平は非常階段の下を透かして見た。誰もいない。二階の部屋をひとつずつ調べているようだ。

「インチェルは数年前からスピードカムを日本に密輸していた」大規模な形で売る

ことを考えていたんだ、とジヒョンが話を続けた。「コリアンマフィアと手を組んでいたが、それだけでは大量に日本で売るのが難しいという結論に達した。流通ルートを一から作るのは時間がかかり過ぎるし、人手や資金も必要だからな。日本におけるコリアンマフィアの勢力は小さ過ぎたんだ。だから日本の暴力団との提携（ていけい）を模索した。間に入ったのはコリアンマフィアだろう」

「それで？」

「その話を進めていたが、ソウル警察が奴を逮捕する手筈（てはず）を整えていることを知り、自分自身も日本に潜伏（せんぷく）して逮捕を免（まぬか）れようと考えた。その条件を出したところ、砥田組はアリサカと話し合い、インチェルを見逃してくれれば、金を払うとでも言ったのだろう。インチェル、コリアンマフィア、砥田組、アリサカの四者がそうやって手を結んだ。彼らにはそれぞれメリットがあった。インチェルがスピードカムの製造方法を教え、砥田組とコリアンマフィアが販売する。それをアリサカが守る。利益は山分けだ。ある意味、最強の組織だな」

そんなことあるはずない、と陽平はため息をついた。

「有坂さんはそんな人じゃないと、何度言えばわかるんだ？　癒着（ゆちゃく）とか汚職なんてもんじゃない。それは犯罪だ。しかも八係の刑事が全員加担している？　騙（だま）されないぞ、そんなことあるもんか」

「だが、アリサカ以外に、わたしたちがこの廃ビルに来ることを知っていた者はいない」ジヒョンが辛抱強く繰り返した。「外の様子でわかるが、アリサカは他の警察官を呼んでいない。パトカーも来ていないし、サイレンも鳴らしていない。部下のキシダという男は警告なしに撃った。それでもお前は奴らを信じると言い切れるのか」

嘘だ、と陽平の口から力のない叫び声が漏れた。

「総務から異動してきたおれを、有坂さんは刑事として認めてくれた。経験不足なのは本当だから、一から頑張れと励ましてくれたんだ。優しい人だ。他のみんなもそうだった。おれたちは仲間なんだ！」

お前の様子を見ていたのだ、とジヒョンがぽつりと言った。

「今後、お前を汚い仕事に引き入れるかどうか、それとも何も言わず放っておくべきか、アリサカには決められなかった。お前を試していたということかもしれない」

違う、と陽平は首を振った。そんなはずない。そんな汚い刑事がいるわけがない。

「警視庁は総務部にいたお前を突然、麻薬取締課に転属させたそうだな」ジヒョンが言った。「理由は何だ？」

「突然ってわけじゃない。おれは前から希望を出していた。刑事になりたくて採用試験を受けたんだ。警視庁に入庁して、総務マンになりたい奴なんてめったにいないさ。捜査一課で働きたいと上司に何度も言った。それで――」

それだけじゃなかった、と陽平はつぶやいた。八係に欠員が出たため、急遽（きゅうきょ）異動が決まったのだ。前任者は萩原（はぎわら）というまだ若い刑事だったと聞いていた。

萩原は八係に配属されて、一年も経たないうちに事故で死んでいた。有坂から直接聞いた話では、酔って歩道橋から転落し、頭を強打して死亡したという。

その時一緒にいたのは、八係の刑事たちだった。他に目撃者はいない。彼らが事故だったと証言した。

同じ警察官の証言を疑う刑事はいない。当然、事故死として処理された。

現場検証や捜査も行われているが、本来なら捜査一課の刑事が主体となって調べるところを、同じ部署の人間が死んだということで、有坂と八係の刑事たちが主となっていたとも聞いた。つまり、現場を偽装したり、証拠を隠滅（いんめつ）することも可能だったのだ。

違う、と陽平は頭を抱（かか）えながら叫んだ。

「有坂さんはそんな人じゃない！」

何も言わず、ジヒョンが陽平の手をそっと握った。陽平、という声が下から響いた。

3

「そこにいるのか」

静かな声がした。野島(のじま)さん、と陽平はつぶやいた。八係の中で最も親しい刑事だ。同じ沿線に住んでいたこともあり、何かと目をかけてもらっていた。

「大丈夫だ、陽平。お前のことは俺たちが守る。約束する。俺を信じろ」

腕を引いたジヒョンが上を指さした。屋上へ、と囁く。待ってくれ、と陽平は下に視線を向けた。

「お前に話してないことがあるのは本当だ。それは悪かった」野島の声が続いていた。「インチェルにしても砥田組にしても、悪党をただ逮捕すればそれで全部片がつくって仕事じゃないのはわかるだろ? 奴らを潰(つぶ)したって、後釜(あとがま)が出てくる。イタチごっこなんだ」

「でも、犯人逮捕は警察官の義務じゃないですか」答えた陽平の腕をジヒョンが強く引っ張ったが、振り払った。「わかりません。どういうことなんですか」

「捜査畑に初めて来たお前には理解しにくいと思ったんだ。もう少し経ったら全部説明しようということになっていた。お前は話せばわかる男だ。萩原みたいなわからず屋とは違う。そうだろ」

陽平は屋上へと続く扉に手をかけた。野島の声が僅かに大きくなった。

「これは正義のための戦いなんだ。お前も警視庁の人間だからわかるだろう？　暴力団を全部潰したり、解散させることなんてできない。社会にとって必要な場合もある。必要悪ということなのかもしれない」

「そういう側面があるのはわかるつもりですけど……」

「全員を逮捕してどうなる？　死刑にできるわけでもない。それこそ権力の濫用だ。結局、いずれは娑婆に戻っていく。組長や幹部が引退したって、下の奴らが新しい組織を作るだけだ。いつまで経っても終わらない」

「……だから？」

「だったら、ひとつにまとめて警察がコントロールできるようにするべきだ。それが有坂さんの考えだった。新入りのお前にはわからないかもしれないが、現場の刑事たちは誰だって同じようなことを考えざるを得なくなる。キャリアとか、上層部のことはわからないがね。建前で言えば、そんなこと認められないと言うだろうが、本音は変わらないんじゃないか？　それがリアルな現実なんだ」

「ひとつにまとめるって、それがインチェルと砥田組ってことですか？　裏取引をした？」

そうじゃない、と野島が舌打ちした。

「協定を結んだんだ。奴らの権益をある程度認め、その代わりトラブルは起こさないと約束させた。そのために俺たちも協力して、対立組織を潰したりもする。そうでもしなけりゃ、この国を救うことはできない」

「萩原刑事にもその話をしたんですね。断られた？　だから殺したんですか」

「陽平、それは違う。そうじゃない」

馬鹿なことを言うな、と野島が怒鳴った。

「本当のことを言ってください。萩原刑事に、仲間に加われと言ったんですね？」

陽平は怒鳴り返した。「断られたどころか、上に全部話すと言われた？　それで殺した？　有坂さんの命令だったんですか？」

「お前は何もわかってない。そんなことするはずないだろう」野島が階段の手摺を叩く音が響いた。「あいつはいい奴だった。信じられる男だと思ったから、全部話して仲間に入れと言った。あいつは鋭いところがあって、俺たちが何をしているか薄々気づいていたようだったから、焦ったところもある。それは俺たちのミスだった。だから、お前のことはどうでもいい。ゆっくり時間をかけて説得しようと——」

「そんなことはどうでもいい。萩原さんを殺したんですね？」

「違うと言ってるだろ！　あれは事故だった。殺すつもりなんてなかった」野島の声に苦い何かが混じっていた。「酒の席で話し合おうとしたが、あいつが振り切って逃げ出した。追いかけたのは本当だが、何をどうするつもりがあったわけじゃない。だが、焦った奴は歩道橋で足を滑らせて転落した。俺たちもあいつも、運が悪かったんだ。黙ってうなずいていれば、それでよかったんだよ」

「そういう問題じゃないでしょう」

「お前も同じだ、陽平」野島の声が一転して低くなった。「お前は仲間だ。殺そうなんて思うわけないだろ？　俺たちは人殺しじゃない。今回の件について、黙っていてくれればそれでいい。ちゃんと報いる。この半年、俺たちはお前のことをずっと見ていた。信頼できる男だとわかってる。俺のことを信じてくれ。悪いようにはしない」

「そうですか、とは言えないですよ」

わかってる、と苦笑する声が聞こえた。

「だが、どっちにしてもお前は逃げられない。スマホの電源は切れてるんだろ？　外部に助けを呼ぶことはできない。出てきてくれ、有坂さんが直で話す。お前だって、すぐわかるさ。俺たちは正義のためにやってるんだ。お前も聖戦に加われ。犯罪を一掃するためには、必要な手順なんだ」

「ぼくの身の安全は保証するというんですね？　ジヒョン警部補はどうなるんです

か」

「その女は、余計なことを知り過ぎた」階段を上がる足音がした。「説得に応じるとは思えない。俺たちに任せろ。お前が何かする必要はない」

「どうするつもりですか」

ソン・ジヒョン警部補は殉職する、と野島が言った。

「この廃ビルで砥田組の組員と撃ち合いになり、流れ弾が当たって死ぬんだ。立派な最期だったと俺たちが証言する。組員の銃を使うから、誰にも疑われることはない。いいか、陽平。もうどうしようもないんだ。わかるな？　わかったら、女を引き渡せ」

陽平は振り向いた。ドアを背にしたまま、ジヒョンが立ち尽くしている。

「その女警部補が死んだって、日本、韓国、どちらの警察も困りはしない」野島が諭すように言った。「インチェルを殺したのは、コリアンマフィアのリ・イジュンという男だ。スピードカムの製造と密売のルートを自分のものにしようと考えたんだ。だが、ここまで騒ぎが大きくなった以上、奴も手を引くしかない。結果論だと言うかもしれないが、俺たちがスピードカムから日本を守ったんだ」

「イジュンは韓国に戻るんですか？　あっちでインチェルのルートを引き継ぐ？」

「そういうことになるんだろうが、韓国のことは俺たちの管轄じゃない。捜査は韓国警察がする。韓国内のインチェル・ルートについても、調べた情報は全部渡す。俺たちだってイジュンの逮捕を望んでいるんだ。それで万事丸く収まる」

「イジュンが逮捕されても、インチェル・ルートを別の人間が引き継ぐかもしれません。それはどうなるんですか」

「そこまで責任は持てない。韓国にスピードカムが蔓延したって、俺たちの知ったことじゃないさ。韓国人がどうなったって、俺たちには何もできない。陽平、お前だってそうだろ？　自分でも言ってたはずだ。ジヒョン警部補が生意気で、腹が立つって。殴ってやりたいとまで言ったと聞いたぞ」

「それは売り言葉に買い言葉っていうか……」

韓国女に借りはないだろ、と野島が苦笑した。

「お前は日本人で、その女は韓国人だ。言葉だって階級だって違う。赤の他人なんだ。俺たちは同じ日本人で、仲間だ。身内も同然だよ。その女をかばう義理はない。ここは言う通りにしろ。どうしたって犠牲が必要な時ってのはあるんだ」

陽平は体を起こして、階段の下を覗き込んだ。見つめていた野島と目が合った。

「……ぼくにどんな得があるんですか？」

任せろ、と野島が胸を叩いた。

「嫌な思いをさせた見返りはするさ。有坂さんとも相談済みだ。さあ、女警部補をこっちに渡せ」

「確かに、ぼくは彼女が大嫌いです」陽平はうなずいた。「日本人とか韓国人とか、正義がどうとか悪がどうとか、それ以前の問題として、こいつは嫌な女で、最初から気に食わなかった」

こっちもだ、とジヒョンがつぶやいた。そうだろう、と野島が階段の下に姿を現した。

「十分だ、陽平。降りてこい。そうすれば――」

「でも、そんなことはできない」陽平はジヒョンの前に立ちはだかった。「できるはずないだろう！」

「おい、何を言ってる」半笑いになった野島が首を傾げた。「お前、その女と会ってまだ三日しか経っていないだろ。今、自分でも言ったじゃないか。最初から気に食わなかったって」

それでも友達だ、と陽平は首を振った。

「人種や言葉が違ったって、こいつは友達だ。友達を裏切るようなことは絶対にできない」

「待て、何を怒ってるんだ」うろたえたように野島が一歩前に出た。「言葉だってまともに通じてないいんじゃないか？　何がわかるっていうんだ。そいつは日本人のことなんか、何もわかっちゃいない。その女はお前の友達なんかじゃない。俺たちとは違う。いつも一緒にいたじゃないか。俺たちよりその女を選ぶのか？　仲間を裏切るつもりか」

　野島さんのことを信じてました、と陽平は叫んだ。

「有坂さんや、他の人たちもです。仲間だと思ってましたよ。だけど、自分たちの都合で正義がどうとかこれは聖戦だとか、何を言ってるかわかってるんですか？　あんたらは刑事じゃない。自分たちが正しいと言い張る人間が一番信用できない。そんなのは正義でも何でもない。おれは絶対にジヒョンをあんたらに渡さない」

　背後で音がした。振り向こうとした陽平の体をジヒョンが突き飛ばす。非常扉が開き、そこから銃口が突き出していた。

　同時に自分も倒れながら、ジヒョンが撃った。轟音。

　西（にし）さん、と倒れ込んだまま陽平はつぶやいた。足元に倒れているのは、同じ八係の刑事、西だった。

「どうして撃った？」

　身を伏せながら、下を覗き込むと、怯（おび）えた表情の野島が銃を構えていた。陽平はそのまま這（は）うようにして後ろに下がった。

「ここにいるのは、お前以外全員敵だ」

ジヒョンが答えた。目が見えるのか、と聞いた陽平に、見えない、と首を振った。

「でも当たったぞ。見えないのにどうやって？」

訓練している、と落ち着いた声でジヒョンが答えた。

「暗闇の中でも銃を撃てるように鍛えているのだ。平和ボケしたお前たちとは違う。音で方向はわかるし、近距離だ。外す方が難しい」

野島さん、と陽平は下に向かって怒鳴った。

「まだ弾は残ってます。近づいてくれば撃ちますよ」

聞いてくれ、と野島が叫ぶ声が聞こえた。

「西はお前を殺すつもりじゃなかった。ジヒョン警部補だけを撃とうとしたんだ。本当にお前のことを殺すつもりなんてない。絶対だ。同じ日本人だろ？　どうしてわからない？　何で韓国人をかばうんだ。これ以上抵抗するようなら、お前のことを撃たざるを得なくなるぞ」

「あんたたちが失ったものを、おれは持ってる」陽平は立ち上がった。「何だかわかるか？　誇りだ。警察官としてとか、日本人だからじゃない。人間としてのプライドがあるんだ。あんたらと一緒にするな！」

仕方ないな、と野島が大声を上げた。

「俺はな……お前のことを本当の弟のように思ってたんだ。嘘じゃない。だが、もうどうにもならないようだな」

「そっくりそのままお返ししますよ」陽平は意識を失っている西の体を押しやった。「おれだって、あんたのことをいい兄貴分だと思って慕(した)ってた。尊敬してました。だけど、命より大事なものがあるってわかった。殺したいなら殺せばいい。だけど、ただじゃ殺されないぞ。あんただろうが有坂さんだろうが、道連れにしてやる。西さんみたいにね」

階段から西の体を突き落とした。盾(たて)にはならないだろうが、野島もうかつには近寄れなくなるだろう。

ゆっくりと落ちていった西が数段落ちて止まった。来るなら来いと叫びながら、陽平は後ずさりして、逃げようと囁いた。

姿勢を低くしたまま、背後のドアに手を伸ばした。何をやってる、とジヒョンがその手を押さえた。

「殺されてもいいと言ったのは嘘か？　威勢のいいことを言っていたが、見せかけだったのか」

こんなところにいたって守り切れない、と陽平はドアを薄く開いた。

「屋上に出る。ついてこい」

「ふざけるな。敵に背中を向けるのか」ジヒョンが床を靴で踏みにじった。「お前にしては腹の据わったことを言うと感心したわたしが馬鹿だった。死ぬ覚悟も度胸もないのだな。しょせん、お前は臆病な日本人で――」

「当たり前だ、馬鹿」陽平はジヒョンの腕を引っ張った。「ここにいたら、自殺するのと同じだ。こんなところで死ねるか？　言う通りにしろ。目が見えないあんたなんか、足手まといでしかない。置いていったっていいんだぞ」

　ここで戦うべきだ、とジヒョンが激しく頭を振った。

「わたしは動けない。ここならドアを閉めれば誰も入ってこれないだろう。非常階段から上がってくる奴らさえ防げば、守り切れる。弾はまだ四発あるんだ」

「四発でどうするんだよ。八係はおれも含めて七人だ。西さんは倒したが、あと五人いる。全部命中させたって、一人分足りない。いくらあんたが射撃の名手でも、見えなけりゃ百発百中ってわけにはいかないだろう。いちかばちかの話に乗るわけにはいかないんだ」

「戦って血路を開くべきだ。逃げ回っていても――」

「昔の日本人みたいなことを言うんだな」笑えるぜ、と陽平はつぶやいた。「どうしてあんたら韓国人はそうなんだろうな。気が短いのか？　そんなに戦争が好きなのか？　日本人は学習したぞ。命を無駄にしちゃいけないってな。ここから逃げて、屋上へ出る。どこかに別の階段があるはずだ。そこから下に降りる。運がよければ、助かるだろう」

「……臆病だが、賢い選択だ」ジヒョンが陽平の手を摑んで、後に続いた。「さっきわたしが撃った男はどこだ。銃を持っていたはずだ。携帯電話もあるかもしれない。探せ」

「階段から突き落としちまった」野島さんが上がってこれないようにするつもりだった、と陽平は舌打ちした。「そこまでは気が回らなかった」

「やはりお前は馬鹿だ」風が吹いてるな、とジヒョンが中腰になった。「屋上に着いたのか？」

そうだ、と答えて陽平は辺りを見回した。長年、風雨に晒され続けたためか、屋上のコンクリートは汚れていた。

給水用のタンクがあった。他に隠れる場所はない。ついてこい、と囁いて十メートルほど走り、タンクの陰に飛び込んだ。

「どうするんだ。非常階段はあるのか」

ジヒョンが陽平のジャケットの背中に触れた。残念ながらない、と答えた。

「ここに隠れているしかない……待てよ、西さんはどこから上がってきたんだ？」

もう一度確認すると、給水タンクの反対側に鉄の扉があった。西はそこから上がってきたのだろう。

「三階には、さっきあんたが撃ち倒した砥田組の奴らが転がっているはずだ。銃も持っていたし、携帯電話だってあるだろう。それを使って外部に連絡しよう」

うまくいくとは思えない、とジヒョンが額を押さえた。

「アリサカや、他の仲間が待ち伏せしている。どうやって突破するつもりだ？」

それはあんたが考えろ、と陽平は言った。

「おれが降りるから、援護してくれ。間違ってもおれを撃つなよ」

保証はできない、とジヒョンが答えた。真面目に言ってるんだ、とつぶやきながら陽平は鉄扉ににじり寄った。

錆(さ)び付いた把手(とって)を摑んで、ゆっくり引く。首を突っ込んだが、誰もいなかった。

短い鉄製の階段を降りると、扉が見えた。

「ジヒョン、ついてきてくれ」先に行くぞ、と陽平は足を階段にかけた。「一、二、三……六段だ。下には何にもない。電気の配線や、エアコンの室外機みたいなものがあるだけだ。機械室なのかもしれない」

耳を澄ましたが、物音はしなかった。慎重に降りる。

顔を上げると、ジヒョンが三段目に足をかけていた。両腕で彼女の体を支えようとしたが、ジヒョンは自分の足で降りてきた。

「そこのドアの向こうが三階フロアだ。さっきおれたちがいたのは逆サイドだな」

　方向感覚だけはいいんだな、とジヒョンが唇を尖らせた。馬鹿にするな、と陽平は肩を突いた。

「建物の構造を考えればわかる。総務では何年も図面ばかり見てた。こういうことには慣れてるんだ」

「だが、奴らがいるかもしれない」

「それを言ってたら、一歩も動けない」

　ドアをそっと押し開けた。廊下だ。とりあえず誰もいない、と後ろに顔を向けた。目を閉じたままのジヒョンがうなずいた。

「降りるぞ。さっきの組員は二番目の部屋だ」

　歩き出すと、革靴の底が床に触れて音を立てた。後に続くジヒョンに手を貸しながらドアを出ると、三階の別の部屋から二人の男が飛び出してきた。横川と箕浦、二人とも八係の刑事だ。

　ジヒョンの腰を抱えるようにして、一番手前の部屋に飛び込んだ。ここに組員がいるのか、とジヒョンが手を払いながら左右に顔を向けた。違う、と答える前に足音が近づいてきた。

「ジヒョン、手を放すな」

フロアを素早く横切り、反対側のドアから廊下に戻った。一歩出たところで足が止まった。

横川と箕浦が銃を構えたまま、前後を見張っていた。細く開いたドアの陰に身を寄せ、二人の様子を見つめた。

銃を持っていることを隠すつもりはないようだった。有坂も含め、あと三人いるはずだが、彼らは二階もしくは一階にいるのだろう。

野島からの連絡を受け、陽平に投降するつもりがないとわかり、ジヒョンと共に殺すつもりなのだ。

陽平の射撃技術を有坂、そして横川たちは知っている。考査表を見ているからだ。十メートル離れていれば当たらないとわかっているから、身を隠そうともしていない。

ジヒョンがオリンピックの強化選手だということも知っているはずだが、脅威には感じていないようだ。目が見えていないと叫んだのを聞いていたからだ。余計なことを言ってしまった、と頭を抱えた。

「何人いる？　どこだ？」

囁いたジヒョンに、右に二人と小声で答えた。横川と箕浦がドアの隙間から、向こうの部屋内部の様子を窺(うかが)っている。

「距離は？」

「十五……いや、二十メートル弱ってところかな。おい、撃つ気か？　いくら何でも無理だ。当たるわけない」

「二人の位置関係はどうなってる」

「横川さんがそっちから見て九十度右、すぐ後ろに箕浦さんがいる。二人とも身長は百七十五センチぐらいだ。待て……横川さんが部屋に入る」

合図をした横川が部屋に滑り込んでいった。背後で見張っていた箕浦が振り向いて、何か叫んだ。気づかれたのだ。

陽平の耳元で銃声がした。声を頼りにジヒョンが撃ったのだ。同時に、箕浦が足を押さえて倒れた。すぐに飛び出してきた横川が連続して引き金を引く。

慌(あわ)てて床に伏せた陽平と対照的に、落ち着いた態度で銃を構えたジヒョンが一発撃った。相対していた横川の体が後ろに吹っ飛ぶ。肩に当たったようだ。

「マジかよ！」陽平は跳ね起きた。「そんな馬鹿な。どうして当たるんだ？」

「オリンピックのために、わたしがどれだけ練習してきたと思ってる」どこに当たった、とジヒョンが聞いた。「殺してしまったか？」

呻き声が漏れた。二人が体を起こそうとしている。

危ない、と陽平はジヒョンの腕を摑んで走った。背後で銃声がしたが、弾は逸れて壁に当たった。

「悪党だが、殺せば寝覚めが悪い」走りながらジヒョンが言った。「後で逮捕しよう」

残りは三人だ、と階段を駆け降りながら陽平はうなずいた。畜生、という声と共に再び銃声がした。

頭をかすめ、階段の手摺に当たる。横川か箕浦のどちらかが撃ったのだろう。逃げろ、と一気に二階フロアへジャンプした。

「すれすれだったぞ。当たったらどうするんだ」

手近にあったドアを開き、中に飛び込んだ。どうするって、と手を放したジヒョンが首を振った。

「運が悪けりゃ、死ぬだけだ」

勘弁してくれ、と言いながら陽平は部屋の奥へ進もうとしたが、スチールのデスクやキャビネットが乱雑に積み上げられていて、通路が遮られていた。隠れる場所はない。

ドアにロックをかけ、デスクを押し込んでバリケードにした。出てこい、という声が聞こえた。

「陽平、もう止めろ。こんなことしたって、どうにもならないぞ」

吉岡だ、と陽平はつぶやいた。年齢は同じだが、八係に三年前から配属されていた刑事だった。

「吉岡、お前もなのか？」信じられないまま、ドア越しに叫んだ。「お前は違うと思ってた。どうしてだ？　有坂さんに強制されてこんなことをしてるのか？　そんな奴じゃないだろう。おれたちは同期だぞ。止めろ、撃ったりするな。おれたちは――」

銃声が連続して起こった。ドアを背に座り込んで、耳を塞いだ。

「日本の警察官は銃を撃たないんじゃなかったのか」

隣でジヒョンが囁いた。あいつもおれと同じで、ろくに射撃訓練はしていないはずだ、と答えた。

「怖いから撃ってる。あいつも追い詰められてるんだ」

「ヨシオカはどこにいる？」

陽平はドアを細く開けて、隙間に目を当てた。廊下にはいない。どこだ、どこへ行った？

ジヒョンが肩を摑んで、音が聞こえると囁いた。十メートルほど離れたところにある反対側のドアが開いていた。

吉岡が室内に入り込んだのだろう。伏せろ、と身を屈めながら、ジヒョンの背中を押さえた。

「デスクが多過ぎてわからないが、この部屋にいるのは間違いない。どこだ」

言い終わらないうちに銃声がした。真上にあった蛍光灯が割れて弾け飛ぶ。素早く立ち上がったジヒョンが音に向かって引き金を引いた。当たらない。

吉岡が応射する。ジヒョンも撃ち返したが、また外れた。

「弾切れだ」ジヒョンが低い声で言った。「予備はないのか」

「だから、そんなもの持ってないって言っただろうが！」

無闇に撃つからだと吐き捨てて、ポケットのハンカチを頭上で振った。

「吉岡、撃つな。降伏する。もう止めろ」

吉岡が銃を構えたまま、デスクの横から姿を現した。

「こっちへ来い。ジヒョン警部補さえ引き渡してくれれば、お前のことは俺が有坂さんに話す。助けてくれと言ってやる。本当だ、俺を信じろ」

銃を持つ両手が震えていた。人に向かって撃ったのは初めてなのだろう。

「頼むから、まず銃を下ろしてくれ」陽平は両手を上げながら立ち上がった。「撃つな。ジヒョンは負傷している。お前はケガ人を撃つような男じゃないだろ？　話を聞いてくれ。今なら間に合う。お前も有坂さんも、自首すればどうにかなるかも

――」

陽平の肩に手をかけて立ったジヒョンが歩き出した。止めろ、と吉岡が叫んだ。

「抵抗するな！　おとなしくここで有坂さんを待って――」

吉岡の腕の震えが激しくなった。至近距離だ。もう三メートルない。

「吉岡、止めろ、撃つな！」

叫びながら、陽平はジヒョンを止めるために飛びかかった。吉岡が引き金を引いた。

Chapter 7 ワンチャンス

1

吉岡（よしおか）の顔に焦（あせ）りの色が浮かんでいた。もう一度引き金を引く。もう一度、もう一度。

弾（たま）は出なかった。

どうなってる、と陽平（ようへい）が思うより先に、ジヒョンが宙を飛んだ。頭から突っ込んで、吉岡に組みつく。勢いで二人の体が後ろに吹っ飛んだ。

素早く立ち上がったジヒョンが右足を高く跳ね上げ、そのまま踵（かかと）を振り下ろした。悲鳴を上げた吉岡が肩を押さえて転げ回る。

ダメージがあったのは、見ているだけの陽平にもわかった。鎖骨（さこつ）が折れたのではないか。

だが、体格では吉岡の方が圧倒的に勝る。拳銃（けんじゅう）を持ったまま、闇雲（やみくも）に腕を振った。ジヒョンの脇腹に当たり、鈍い音がした。

動きが止まったジヒョンに拳銃を投げつけ、吉岡が部屋の外に出た。かわしたジヒョンが背後から飛びつき、首を絞め上げる。

野獣のような咆哮を上げた吉岡が、引きずるようにして前に進んだ。髪の毛を摑んで引き離そうとしたが、ジヒョンの腕は首に絡み付いたままだ。

よろめきながら通路を進んだ吉岡の膝が、階段の手前で折れた。バランスを失ったジヒョンが、その上に重なった。

「おい、ジヒョン！　吉岡！」

遅れて通路に出た陽平は、二人の体を引き離した。吉岡が白目を剝いている。口から泡を吹いていた。

「大丈夫か？」

どうにか、と壁に背中をつけたままジヒョンがつぶやいた。顔色は青く、額に脂汗が滲んでいる。腰の辺りを押さえているから、どこかで強打したのだろう。

肩を貸すと、大丈夫だ、と足を引きずりながら、陽平の腕を取って立ち上がった。

「たいしたことはない。急げ、下へ降りよう」

床に足をつけたジヒョンの口から、悲痛な呻き声が漏れた。しっかりしろ、と陽平はその体を支えた。

「運のいい奴だ。吉岡の銃が弾切れで助かったな。そうじゃなかったら――」

運ではない、とジヒョンが痛みを堪(こら)えながら言った。

「弾が切れていたのはわかっていた。五発撃ち尽くしていたからな」

「数えてたのか？」

「当然の心得だろう。日本の警察官だ。ニューナンブかS&Wを使っているのはわかっていた。お前の銃もそうだろう？　装弾数は五発だ。全弾撃てば、弾倉(だんそう)は空になる」

「そうは言うが、予備の弾丸(だんがん)だって支給されていたはずだ」陽平は首を振った。

「途中で吉岡が新しい弾を込めていたら、どうするつもりだったんだ？」

「これは訓練じゃない。実戦だ」ジヒョンが足をついて、歩けそうだと囁(ささや)いた。

「日本の警察官が実際に撃ち合ったりすることは、ほとんどないと聞いている。弾が切れたから、新しい弾丸を装填(そうてん)しようとはならない。そんなに冷静でいられるはずがないのだ」

かもしれない、と陽平は渋々ながら認めた。お互い武器は持っていなかった、とジヒョンが両手首を振った。

「それなら、わたしの方が強い。目が見えなくても、気配で相手の位置はわかる。韓国テコンドーは一撃必殺だ」

そうでもなかったじゃないか、と苦笑しながら陽平は辺りを見回した。

「待て、ジヒョン。吉岡は携帯電話を持ってるはずだ。外に電話して、助けを呼ぼう」

お前にしてはいい考えだ、とうなずいたジヒョンがその場に座り込んだ。

「ついでに救急車も呼んだ方がいい。殺してはいないはずだが、ヨシオカは頭を強く打っている。急いで医者に診せるべきだ」

人の心配をしてる場合かよ、と言いながら陽平は足元に倒れている吉岡の体を探った。意識を失っている人間の体は重い。

強引に抱え上げて背広の内ポケットに手を突っ込むと、予備弾丸のケースが出てきた。そのままジヒョンに渡した。

「こんなものはいいから、携帯電話を探せ」

「待てって、焦んなよ」

尻ポケットに入っていたスマホに指が触れた。引っ張り出して電源ボタンを押すと、パスコード入力画面に切り替わった。

いいぞ、とつぶやいた。吉岡のパスコードはわかるのか、とジヒョンが怒鳴った。

「見当はつく。奴の識別番号だ。警察官ならみんなあれを使う」

「早くしろ、アリサカやさっきの男がここへ戻ってくる前に——」

落ち着け、と言いながら四桁の数字を入力した。画面が切り替わる。やっぱりな、と笑みが浮かんだが、不意に電源が落ちた。

どうなってるのか。もう一度電源ボタンに触れたが、起動しない。笑みが自分の顔から引っ込んだのがわかった。

「壊れてる。階段から落ちた時、体の下敷きになったんだろう。ぶつかった衝撃で、どこかがいかれたんだ」

「日本製はこれだから駄目なんだ」ジヒョンが吐き捨てた。「サムスンなら、そんなことには——」

銃声がした。同時に、肩口を凄まじい勢いで殴りつけられたようなショックを受けた。

「どうした！」

撃たれたと叫びながら、体を低くしろ、とジヒョンの背中を押さえた。押さえた左の肩が、血で汚れていた。

「おれは大丈夫だ。かすっただけだ。ついてこい！」

首を伸ばして様子を窺うと、銃を構えている野島の姿が目に飛び込んできた。ジヒョンを狙っている。

思わず引きずるようにして倒した。痛い、とジヒョンがつぶやいた。

「汚いぞ、野島さん」その体を抱き止めながら、陽平は叫んだ。「後ろからいきなり撃つなんて、卑怯じゃないか！」

「脅しのつもりだった」当たるとは思ってなかった、という野島の声が通路に響いた。「陽平、お前を殺すつもりなんかない。本当だ。信じろ」

ジヒョンの体をかばうようにしながら、陽平は下に目を向けた。人の気配はない。

「銃は持ってるのか」

聞きながら周囲を見渡した。当たり前だ、とうなずいたジヒョンが、予備の弾丸を手探りで装填し始めた。

真っ暗な状態でもできるように訓練しているというのは本当なのだろう。手つきこそ慎重だったが、素早く作業を終えた。

陽平は階段の上に目をやった。残っているのは野島と有坂だけだ。有坂はどこにいるのか。挟み撃ちにあったら、逃げることはできない。

「おい、しっかりしろ」ジヒョンが鼻に皺を寄せた。「血の匂いがする。肩に当たったと言ったが、かすっただけじゃないな？」

「野島さんは下手くそだ」苦笑しながら陽平は肩を強く押さえた。「もっとちゃんと狙ってくれ。肉を抉(えぐ)られてる。血が止まらない」

「顔に当たらなかっただけ、良しとすべきだ」ジヒョンが頭を下げた。「どうする？」

銃声がした。反射的に伏せる。頭上の壁に当たった弾丸が跳ねて、どこかへ飛んでいった。

「撃つな、止めろ！」陽平はジヒョンの手からニューナンブを奪い、階段の上に向けて二発撃った。「こっちだって丸腰じゃないんだぞ！」

無闇(むやみ)に撃つな、と声を潜(ひそ)めたジヒョンが腕を押さえた。

「あと三発しかない。当たりもしない弾を撃つな」

野島は近づいてこなかった。陽平とジヒョンが銃を持っていること、弾がまだあることを知って、動けなくなったのだろう。

脅しのつもりで撃ったが、それなりに効果はあったようだ。ここにいてもどうにもならない、と陽平は耳元で囁いた。

「まだ有坂さんもいる。すぐにでもこっちへ来るだろう。挟まれたら逃げようがない。砥田(とだ)組の連中が、一階で倒れているはずだ。そいつらの携帯で一一〇番する。それしかない」

「それはいいが、どうやって降りる？　ここは二階の通路だな？　下手に動けばノジマの的になるだけだ。通路に窓はない。下に降りるのは不可能だ」

おれが囮になる、と陽平はジヒョンの手に銃を握らせた。

「飛び出せば、野島さんは撃ってくるだろう。お前なら、その音で位置がわかるはずだ。足でも腕でも撃ってくれ。その間に下まで降りて一一〇番する」

「お前の先輩じゃないのか」

「そうだ。悪い人じゃない。だから殺すなよ」小さく笑って、ジヒョンの肩を叩いた。「よく狙って撃ってくれ」

「目が見えないわたしに、そんな器用なことができると思うか?」ジヒョンが頭を振った。「それより、二階フロアの部屋に入れ。窓があるはずだ。そこから飛び降りよう。運がよければ、真下に砥田組の誰かが転がっているだろう」

「運に頼らないと言ったじゃないか」

そうしなきゃならない場合もある、とつぶやいたジヒョンに背中を押され、陽平は手近な部屋に足を踏み入れた。気休めにしかならないとわかっていたが、内側からロックした。

「窓はあるか」

ある、と答えながら、陽平は正面の窓を全開にした。下を見ると、三、四メートルほどの高さがあった。

「ここを飛び降りろって？　間違いなく足の骨を折るぞ。下手したら死ぬかもしれない」

「つまらない心配をするな。二階から飛び降りて死ぬようなら、警察官は務まらない」

どこだ、とジヒョンが手を伸ばした。こっちに来い、と腕を引っ張りながら陽平は窓に近寄った。背後で銃声がした。

振り向くと、ドアを撃って壊した野島が飛び込んできた。近づくなと叫んだが、無言で駆け寄ってくる。

狙いはジヒョンだった。撃たなかったのは、陽平を傷つけたくないと考えていたからだろう。

野島が銃のグリップで殴りかかった。殺気を感じたジヒョンが両腕でブロックしたが、ガードごと吹き飛ばされて、フロアに倒れ込んだ。

「陽平、こんな女をかばうことはない」叫んだ野島が銃を構えた。「お前のことは俺が守る。絶対だ、約束する。無駄な抵抗は止めて、俺に従え！」

「野島さんこそ止めてくれ！」撃つな、と陽平は叫んだ。「あんたこそ、これ以上罪を重ねるな。ジヒョンを殺してどうなる？　あんたたちが何をしていたか、必ずバレるぞ。同僚の刑事が死んだら、どこの国の警察官だって徹底的に調べる。そういうもんじゃないか？　何が起きたか韓国警察が知れば、あんたを逮捕する。次に死ぬのはあんただ」

「うるさい！」

両手で銃をホールドした野島に、陽平は体ごとぶつかっていった。銃声。横倒しになった野島の手元で暴発した弾が窓に当たり、ガラスが砕け散った。

「止めろ！」

陽平は野島の腕を押さえた。もう一度引き金が引かれ、弾が見当違いの方向へ飛んでいく。

野島が強引に陽平を突き飛ばして立ち上がった。どうしてわからない、と叫んだその目からひと筋涙がこぼれた。

距離、二メートル。銃口が狙いを定めている。陽平は床に尻をつけたまま、動けなくなった。

「俺に撃たせるな。お前を殺したいわけじゃないんだ。ジヒョン警部補さえいなければ——」

「そうですねって言えと？　冗談じゃない、そんなことできるか！」陽平は手をついて立ち上がった。「撃ちたきゃ撃てばいい。ジヒョンも殺せばいいさ。だけど、その前にぼくを撃て！　このまま逃げ出すようなことは絶対にしないぞ！」

叫びながら突っ込んだ。同時に、横からジヒョンが飛び込んでくる。どちらを撃つべきか、一瞬迷った野島の腰に、二人でタックルする形になった。

放せ、と野島が叫んだが遅かった。そのまま三人がもつれるようにして、全開にしていた窓にぶつかる。三人の体が宙に放り出された。

2

衝撃。口から意味不明の叫びが漏れた。大丈夫か、とジヒョンの声がした。

「もう駄目だ、死ぬ」陽平は唇（くちびる）だけを動かした。「サヨナラ、ジヒョン」

「ふざけたことを言うな。立て」

脇腹を強く足で突かれ、目を開いた。こめかみの辺りから血を流しているジヒョンが見下ろしていた。

「よく平気だな。お前はジャッキー・チェンか？」

「冗談じゃない。二階から落ちて平気でいられるはずがないだろう」ジヒョンが左膝を押さえた。「立つのがやっとだ。肩を貸せ。歩けない……ノジマはどこだ？」

陽平は手をついて体を起こした。全身のあちこちが痛む。だが、骨折などはしていないようだった。

なぜ無事なのかと思ったが、すぐ理由がわかった。野島が自分の下敷きになっていた。

空中でどういう体勢になったのかわからなかったが、転落した際、野島の体が下になったようだ。クッションの役目を果たした、ということなのだろう。野島の左腕があり得ない方向に曲がっていた。呼吸はしているが、呼びかけても返事はない。意識を失っているようだ。

立て、と苦痛に顔を歪めながらジヒョンが命じた。

「ノジマは間違いなく携帯電話を持っている。探して救援を要請しろ。急げ」

よろよろと数歩退き、建物の壁に手を当てて体を支えた。呼吸が苦しそうだ。脇腹の辺りを左手で押さえている。転落した際、腹部を強打したのではないか。野島のポケットを探りながら、動けるか、と陽平は言った。

「その辺に座って待ってろ……あったぞ」

出てきたのはスマホだった。壊れていないだろうか。静かに画面に触れると、バックライトが灯った。消えない。地面には接触しなかったようだ。

陽平は画面をスライドさせた。パスコード入力、と表示されている。野島のパスコードまでは知らなかったが、問題ない。

緊急という表示に触れると、電話機能がオンになった。キーパッドが画面に浮かぶ。

一一〇、と指を動かした。最後の〇を押したところで、スマホが手の中から弾け飛んだ。何が起きたのか。

振り向くと、銃を構えた有坂がすぐ後ろに立っていた。番号を押すことに気を取られて、近づいていたことがわからなかった。

電話の必要はない、と有坂が静かに笑った。

「警察ならここにいる」

スマホに飛びつこうとしたが、腹に蹴りを入れられて息ができなくなった。体が二つに折れる。

上から踏み付けられ、抵抗できないまま地面に這いつくばった。後頭部に銃口が当たっている。冷たい感触。

「ジヒョン、逃げろ！」

叫びながら顔だけを向けた。有坂は背後から近づいてきたのだろう。ジヒョンとは逆側にいたのだ。

「出てこい、ジヒョン警部補」

銃を陽平の頭に押し当てたまま、有坂が低い声で言った。ジヒョンの姿は見えない。危険を察して、建物の裏手に隠れたのだろう。

「来るな、ジヒョン！　逃げるんだ！」

「逃げてもらっては困る。逃げればこいつを撃つ」有坂が銃口をこめかみにずらした。「いや、どちらにしてもあんたは逃げられん。目が見えていないのはわかっている。どっちに行けば出口があるか、それさえわからんだろう。無駄な抵抗は止めて出てこい。さもないと陽平を殺すぞ」

立て、と銃を突き付けたまま命じた。従うしかない。

後ろから陽平の首に腕を巻き付けた有坂が、ゆっくりと歩き始めた。声で位置を悟られないようにしているのだろう。用心深い男だというのはわかっていた。

「ジヒョン、いいから逃げてくれ。助けを呼ぶんだ」

どこにいるのか、と陽平は視線を左右に向けた。喉が詰まって息が苦しい。ジヒョンの姿は見えなかった。

本当に逃げたのか。確かに、自分は逃げろと叫んだ。言われた通りにしたということなのか。

間違っていないとわかっていたが、そりゃないだろうという思いもあった。ここまで助け合ってきたのに、最大のピンチに陥ったら、見捨てて逃げるのか？

だから韓国人なんて嫌いなんだ。信用するんじゃなかった。

「もう一度言う」出てこなければ陽平を殺す、と有坂が大声で怒鳴った。「彼は私の部下だ。そんなことはしたくないが、やむを得ない。お前をかばって彼が先に殺されてもいいのか」

止めろ、というジヒョンの声がした。建物の角の向こう側にいるのだ。陽平は声の方向に顔を向けた。

「ジヒョン、そのまままっすぐ走れ。駐車場があったのは覚えてるだろ？ その奥に出入り口がある」

余計なことを言うのはお前の悪い癖だ、と有坂が銃をこめかみに押し付け、抉るようにした。

「残念ながら、無駄だ。まっすぐと言われても、彼女にはどっちに進めばいいのかさえわからんだろう……ジヒョン警部補、出てきてくれ。そうすれば陽平は助けてやる。約束しよう」

陽平の首に腕を巻き付けたまま、有坂が建物の壁に背中を当てた。用心深く左右を見回している。油断する様子は一切なかった。

「繰り返す。無駄な抵抗は止めて、すぐに出てこい。声を頼りに撃つか？ そうはいかない。こっちは陽平を盾にしている。弾はこいつに当たるだろう。それでもいいのか？ 銃を捨てて、こっちへ来るんだ」

そう言いながら、有坂は少しずつ体をずらしていた。警戒を怠る様子はない。ジヒョンの射撃技術をよくわかっているのだろう。この状態では、ジヒョンも撃つことができない。

じりじりと有坂が角に近づいていく。ジヒョンが一瞬、顔だけを覗かせた。十メートルほど離れたところにある桜の木の陰から、ジヒョンの足先だけが見えていた。

「もういいだろう。そこからは逃げられんぞ。負傷もしているな？　走れないお前には、もうどうすることもできない」

「わたしを殺すつもりか」ジヒョンが叫ぶ声がした。「そんなことをしてどうなる？」

それはお前が考える問題じゃない、と有坂が怒鳴り返した。

「トラブルはもうたくさんだ。お前さえ死んでくれれば、何もなかったことにできる。ソウル警察には私から報告しよう。暴力団員十数名を相手に、ジヒョン警部補は勇敢に戦ったと。持てる限りの力を振り絞って、奴らを制圧しようとしたが、不運にも射殺されたとな」

「誰がそんなことを信じる？」

ジヒョンの声が微かに震えていた。

「同じ警察官として、尊敬できる最期だったと話すさ」有坂が低い声で笑った。

「ソウル警察とジヒョン警部補に栄光あれとな。仇を取るというのなら、我々も全力で協力すると申し上げようじゃないか」

「殺さなくてもいいんじゃないですか」首に巻き付けられている有坂の腕を外そうとしながら、陽平は言った。「ぼくがジヒョンを説得しますよ。何もなかったことにしようって。この件について、一生口外しないように約束させます。係長が言うように、トラブルなんか大嫌いだ。ぼくもジヒョンも沈黙します。それで全部丸く収めましょうよ」

その通りだ、とジヒョンが叫んだ。

「ヨウヘイに従う。わたしたちを解放してくれるなら、沈黙を守ると約束しよう」

そんなことが信じられると思うか、と有坂が苦笑した。マジです、と陽平は体から力を抜いた。

「逆らいませんって。正義のためなら死んだっていいなんて言うほど、ぼくは立派な刑事じゃない。殺さないと約束してくれれば、こっちだって従いますよ。係長だって、ぼくのことはわかってるでしょ？　何でも言うことを聞きますから、もう止めましょうよ」

「ジヒョン警部補、君はどうなのか」有坂が呼びかけた。「絶対に我々を裏切らないと誓うか？」

「誓う」

ジヒョンが即答した。返事が早いな、と有坂がもう一度苦笑を浮かべた。

「では、銃を捨てて出てこい。砥田組の連中を片付けなきゃならん。手伝ってもらおう」

「何のために？」

そうすればお前も共犯ということになる、と有坂が銃を構え直した。

「警視庁はもちろんだが、ソウル警察にも報告できなくなるだろう。何もなしに沈黙を守るとも思えない。お前も私の仲間になれ」

桜の木の後ろから、ジヒョンが手だけをゆっくり伸ばすのが陽平にも見えた。両手で持っていたニューナンブが、足元に落ちた。

「捨てたぞ。そっちも銃を下ろしてくれ」

「両手を上げて、そこから出てこい」有坂が命令した。銃は構えたままだ。「他に武器を持っていないか確認する。すぐに出てこい」

「何も持っていない。そんなことはわかってるはずだ」

ジヒョンが木の陰から顔だけを覗かせた。有坂さん、と陽平は小声で言った。首を絞められて、うまく声が出せない。

「ジヒョンを狙ってますね？　撃ち殺して、どうなるっていうんですか」

お前にはわからないんだ、と有坂が顔をしかめた。顔色は青かった。

「やりたくてやってるわけじゃない。仕方ないんだ」

「どういう意味です？」

「最初はどうするつもりもなかった」有坂が慎重に狙いを定めながら言った。「コリアンマフィアの連中を潰す情報を提供すると砥田組に言われて、それだけのことだった。俺たちの仕事はコリアンマフィアの摘発だからな。日本の暴力団に多少甘い顔をしたって、誰にも咎められんよ。他所の部屋だって似たようなことをしてる。それが現実ってもんだ」

「でも、一線を踏み越えてしまったんですね？」

そうじゃない、と銃を構え直した有坂が、早く出てこい、と怒鳴った。

「今さら抵抗するな。目が見えないお前には何もできん。そうだろ？　砥田組の連中を始末するのを手伝え。それでお前も共犯だ。誰にも言わないと約束するなら、命は助けてやる。さっさとしろ」

「よくそこまでぬけぬけと嘘をつけますね」

陽平は有坂の腕を外そうとしたが、下手に動けばジヒョンより先に自分が撃たれるとわかった。有坂の体から強い殺気が感じられた。

「こんなこと、日本の警察の恥です。お願いですから、ジヒョンを殺すのは止めてください」

一瞬体を離した有坂が、バックハンドで陽平の顎を打った。衝撃で倒れ込んだ体を引きずり起こし、両手首に手錠をかける。地面に膝をついたまま、陽平は顔だけを向けた。

「恥を知れよ、オッサン！　こんなことして、バレないわけないだろ？　インチェルを殺したのもあんたらなんだな？　やり過ぎだ、絶対逃げられないぞ」

黙れ、と胸倉を摑んだ有坂が陽平の体を起こし、腹部に強烈な膝蹴りを入れた。激痛に悲鳴が漏れた。その背後から有坂が首を左腕で絞め上げ、右手の銃をジヒョンに向けた。

「放せよ、馬鹿野郎」

「動くな、陽平」有坂の腕にじわじわと力が籠もった。「すぐ楽にしてやる。俺はお前のことが嫌いじゃなかった。こんなことしたくなかったんだ。残念だよ」

「そうだよな、おれのことも殺すしかないもんな」陽平は手錠をかけられたまま、両手で有坂の腕を摑んだ。「畜生、あんたなんか信じたおれが馬鹿だった。甘かったよ」

「そういう甘さも嫌いじゃない。だが、裏切り者を許すわけにもいかん。萩原もそうだった」目はジヒョンから離さずに、有坂が早口で言った。「あいつほどの間抜けじゃないと思ってたんだがな。俺の眼鏡違いだったようだ」

「そうでもないかもしれないですよ」陽平は精一杯の猫なで声で言った。「正直言って、見返りがあるっていうんなら、おれもそんな堅いこと言うつもりはないっていうか」

もう遅い、と有坂が腕に力を込めた。指だけをこじ入れて、どうにか呼吸できるスペースを作った。

「ヨウヘイ、無事か」

ジヒョンが木の陰から叫んだ。諦めろ、と被せるように有坂が叫んだ。

「ジヒョン警部補、今すぐ出てこい。このままだと、陽平が死ぬことになる。それでもいいのか」

無限に広がる星空よりも、と陽平はつぶやいた。

「うるさい、黙れ」

有坂が銃の台尻で頭を殴りつけたが、陽平は先を続けた。

「キラキラ輝く、みんなの瞳」

かすれた声が途切れ途切れに響いた。何を言ってるんだ、と有坂が首を絞める腕に力を込めた。

「下らんことを言ってる場合か？　ジヒョン警部補、両手を上げてそこから出てこい。五秒だけ待つ。出てこなければ、陽平を撃つ」

「何よりいとしい宝物だから」

有坂が銃の撃鉄を上げた。いつも全力で、と陽平は力を振り絞って叫んだ。

「歌おう！　踊ろう！　笑おう!!!」

有坂の腕を渾身の力で払いのけた。そのまま大きくジャンプする。

同時に、木の陰から飛び出したジヒョンが足元に落ちていた銃を拾い上げ、飛び込むようにしながら銃を撃った。

銃声は二発聞こえた。その場に伏せたまま、陽平は顔を上げた。有坂の銃口から煙が立ちのぼっていた。

3

「ジヒョン！」

地面に倒れていたジヒョンの手から銃がこぼれ落ちた。苦しそうな呻き声が漏れる。

次の瞬間、陽平の上に有坂の体がくずおれてきた。腹部から血が噴き出している。両手でその体を押しのけて、立ち上がった。

大丈夫かとジヒョンに呼びかけると、目を開いた有坂が力のない腕で銃を構え直そうとした。

反射的に蹴り上げると、銃が飛んでいった。有坂の顔が歪み、そのまま動かなくなった。

「ジヒョン！」

有坂の背広のポケットから鍵を見つけて手錠を外してから、陽平は足を引きずって走った。ジヒョンが右腕を押さえたまま呻いていた。当たったのか、と上腕部にあった傷を確かめた。

「なかなかいい腕をしている」立ち上がったジヒョンがつぶやいた。「訓練はしていたようだな。だが、レベルが違う。動く標的に当てるのは簡単じゃない」

アリサカはどうなんだ、と陽平の肩にすがりながら言った。腹に当たった、と答えた。

「救急車を呼ぶ。まだ息はある。助かるかもしれない」

「一台じゃ足りないと言え」疲れた、と座り込んだジヒョンが目をこすった。「わたしもまだまだだな。目が見えないぐらいでこれでは、何のための訓練だったのか」

そんなことはないだろう、と言いながら陽平は有坂の様子を見るために元いた場所に戻った。意識を失っている体を探ると、スマホが出てきた。

一一九番とボタンを押し、電話に出た担当者に状況と場所を説明して通話を切った。

「一課長にも連絡しておかないとな。ちゃんと説明しないと、納得してくれないだろう」

「ももクロの歌はいいアイデアだった」座ったままジヒョンが唇だけを動かした。

「アリサカは動き続けていたからな。場所を特定できなかった。お前の声で方向がわかった」

「何とかしてくれるって信じてたよ」陽平はボタンに触れていた指を止めた。「他にどうすることもできなかった。有坂係長はおれを盾にしていたからな。お前を信じるしかなかったんだ」

うなずいたジヒョンが、行くぜっ！　怪盗少女、とつぶやいた。

「モノノフなら誰でも歌える。名曲だ」

両手を手錠で拘束されていた陽平は、有坂を止めることができなかった。下手に動けば、有坂はまず陽平を撃っただろう。誰を殺してでも、有坂は自分を守ろうとしていた。

他にどうすることもできない以上、ジヒョンを信じるしかなかった。ジヒョンなら、位置さえわかれば有坂を撃つことができる。目が見えなくても、ジヒョンの射撃技術なら可能だ。

だが、実際には有坂によって羽交い締めにされていたため、狙って撃ったとしても、弾丸は陽平の体に当たってしまう。避けることができるとすれば、ワンチャンスしかない。

そのタイミングを計るために、ももクロの代表曲、「行くぜっ！ 怪盗少女」を歌った。

一番盛り上がる部分で、ボーカルのカナコがえびぞりジャンプする。ももクロファン、いわゆるモノノフなら誰でも知ってるステージアクションだ。

コンサートでは、観客もカナコに合わせて全員がジャンプする。ジヒョンは生でコンサートを見たことはないはずだが、DVDやユーチューブなどで、その映像は何度も見ているだろう。だから歌った。

モノノフなら、絶対にそのタイミングで撃つと信じ、飛んだ。そしてジヒョンも陽平を信じた。陽平ならそうすると信じて撃ったのだ。

「モノノフなら、誰だって同じことをしただろう」ジヒョンが静かな声で言った。「それが刻み込まれたDNAだからだ」

よく信じてくれた、と苦笑しながら言った。そりゃ信じるさ、と陽平は微笑んだ。

「オリンピックに出るんだろ？ それだけのテクニックがあるんなら、おれに当てたりはしないだろう」

そうでもない、とジヒョンが首を振った。

「そこまでの技術はない。お前に命中しても仕方ないと思っていた。その時はその時だ」

何から何まで腹の立つ女だ、と陽平は肩を突いた。

「おれに当たっても仕方ないだと？　それで済むと思ってるのか？　死んだらどうする。本当に戦争になるぞ」

「お前のような下っ端警察官の一人や二人、死んだところでどうだと言うんだ。そんなことはいいから、さっさと本庁に連絡しろ。捜査一課の課長はトオヤマとか言ったな？　すべてを説明しないと、この事態は収拾できなくなるぞ」

わかってる、と答えて直通番号を押した。救急車のサイレンが近づいてきていた。

4

成田空港第一ターミナル、北ウイング。

ヘッドホンで音楽を聴いていた陽平の前に影が差した。遅いじゃないかと手を上げると、失礼な男だ、と近寄ってきたジヒョンが横を向いた。

「仮にもわたしは警部補で、お前は巡査だ。それなりの礼儀があってしかるべきだと思わないのか」

「腕はどうなんだ」

ジヒョンは右腕を三角巾（さんかくきん）で吊（つ）っていた。有坂の放った弾丸が上腕部に当たり、負傷していたのだ。

「たいしたことはない。肉が少し抉れたが、骨に異常はない。全治二週間ほどだと医者は言っていた」

心配か、とジヒョンが苦笑いを浮かべた。目が見えるようになったのは、陽平も聞いていた。

取り調べの時に顔を合わせたが、ゆっくり話せなかった。ジヒョンは予定通り、一週間で帰ることになった。

「いろいろ大変だったと聞いた。お前に全部任せる形になってしまったが、済まなかったな」

あの後、陽平は遠山（とおやま）を含めた警視庁上層部に何があったかすべて話した。海外麻薬取締課八係の全刑事がコリアンマフィア、そして砥田組に内通していたという事実は、野島（のじま）以下現場で逮捕された他の刑事たちも供述を始めていたため、遠山も理解してくれたが、そうでなければ面倒なことになっていたかもしれない。

　有坂は出血が激しく、一時は人事不省に陥っていた。あれから四日目の今日になって、危機を脱したという連絡が入っていた。

　野島たちの自白によって、事件の全貌が明らかになっていた。韓国警察に指名手配されると知ったドン・インチェルは、予定を早めて日本に渡っていたが、既にスピードカム製造のノウハウを手に入れていたコリアンマフィア、そして砥田組にとって、むしろ邪魔な存在になっていた。

　実際にインチェル殺害を実行したのは、リ・イジュンというコリアンマフィアのリーダーだったが、砥田組組員も手を貸している。有坂たちが捜査を担当し、証拠を隠蔽するなど、インチェルの死を事故死として処理することも事前に決まっていたということだった。

「言っておくが、そんな警察官ばかりじゃないぞ」陽平は手摺を叩きながら言った。「わかってるよな」

　そうだろう、とジヒョンがうなずいた。

「世界中、どこにだって腐った警察官はいる。だが、世間が思うほど多くはない。そう信じている」

　それならいい、と陽平は小さく笑った。

「次、日本にはいつ来るんだ？」

もう二度と来ないだろう、とジヒョンが答えた。

「別に来たいとも思わない」

「そんなこと言うな。来いよ、仕事じゃなくて、遊びに来ればいいじゃないか」

「遊びに？」

「ももクロのファンクラブ事務局に知り合いがいるんだ」辺りを見回しながら、陽平は声を低くした。「まだ発表されていないが、今年のクリスマスに、ももクロは日産スタジアムで七万人コンサートを開くらしい。見に来いよ、一緒に行こう。どんな手を使ってでも、一番前の席を取ってやる。そのための国家権力だ」

馬鹿なことを言うな、とジヒョンが顔をしかめた。

「……まさかと思うが、もしかして、それは誘っているのか？　クリスマス？　わたしとデートでもしたいのか」

陽平はまっすぐジヒョンの目を見つめた。しばらく黙っていたが、そう取るならそれでも構わないと言葉がこぼれた。

「本気で言ってるんだ、ジヒョン。よかったら、おれと一緒にももクロのコンサートに行ってもらえないかな。おれは君のことが――」

差し出した手をジヒョンが払いのけた。

「あり得ない。わたしには婚約者がいる」

「……本当か？　聞いてないぞ」

中途半端に陽平の手が行き場を失って、宙をさまよった。そういう目でわたしを見ていたのか、とジヒョンが一歩退いた。

「だから日本人は信用できないというのだ。わたしたちはたまたま行動を共にしただけで、男も女もないだろう。そうじゃなかったのか？」

「そのつもりだったけど……」悪かった、と陽平は頭を下げた。「婚約者がいるのは知らなかった。いや、知っていたとしても気持ちは変わらないけど。君のことを好きになったのは本当で――」

冗談だ、と微笑んだジヒョンが陽平の手を取った。

「嬉しいけど、やっぱりゴメンなさい。婚約してるのは本当なの。射撃のコーチで、もう二年交際してる。だから、あなたの気持ちには応えられない」

声が柔らかくなっていた。いいんだ、と陽平は首を振った。アナウンスが流れている。

行かないと、とジヒョンがつぶやいた。

「でも、ももクロちゃんのコンサートは見たい。ヨウヘイ、チケットが四枚必要だけど、取れるか」

口調も声も、いつものジヒョンに戻っていた。さっきのは何だったんだろうと思いながら、四枚ってどういうことだと陽平は聞いた。

「婚約者と妹と一緒に、また日本に来ようと思う」ジヒョンが大きくうなずいた。

「日本のこと、日本人のこと、何も知らないとわかった。好きじゃないっていうのもホントだけど、好きになりそうな気がする。だって、友達がいる国だから」

友達、と繰り返したジヒョンが、握っていた手に力を込めた。ラインを交換しよう、とポケットから出したスマホの機能を使い、お互いのＩＤを確認し合った。

「妹はソウル大学の三年生だ」今のところ彼氏はいない、とジヒョンが言った。

「日本人の友達を紹介すると言ったら、驚くだろう。でも、喜んでくれるかもしれない」

「妹さんなんだけど……可愛(かわい)いのか？」

ふざけたことを言うな、と手を離したジヒョンが陽平の胸を突いた。

「どうしてそういうことを言うのか。わかりきったことだろう。わたしの妹だぞ」

「悪かった。謝る」

頭を下げた陽平に、気に入らない奴だ、とジヒョンが吐き捨てた。

「お前にはそういうところがある。いいかげんで、だらしない男だ。紹介はするが、そこから先は自分の力だけでやるんだな。言っておくが、あの子はとても真面(まじ)目(め)だ。中途半端な気持ちだというのなら、最初から会わせるつもりはない」

「おい待ってくれ、どうしてそこまで話が進むんだ？　会ってもいないのに、そんなことを言われる筋合いはないぞ」

「それとも、お前が韓国へ来るというのはどうだ？」指を鳴らしたジヒョンが明るい声で言った。「これでも大統領の身辺警護を務めていたＳＰだ。わたしも国家権力を濫用（らんよう）しよう。大統領に頼めば、少女時代のメンバーぐらい会わせてくれるだろう。仮にも国のトップだ。それぐらいの力はある」

「待ってくれ。大統領まで使うのは止めろ。マジで国際問題になる」

陽平は焦りながら言った。ジヒョンは何をするかわからないところがある。冗談が通じないのだ。

「それに、妹さんに紹介するとか、それも違うんじゃないか？　おれは君のことが好きなんだ。いきなりそんなこと言われても――」

照れるな、とジヒョンが陽平の背中を強く叩いた。大きな音に、通りかかった観光客が振り返った。

本当に照れているのはジヒョン本人の方らしい。真剣な話だ、と陽平は辺りを見回しながら言った。

「いいか、これだけは言っておく。おれはそういうやり方が好きじゃない。大統領の威光でどうにかしようなんて……」

「残念だが、その通りだ」ジヒョンが長い髪を掻き上げた。「わたしが間違っていた。私的な目的のために大統領を利用しようというのは――」

「待て、ジヒョン。つまりその……本当にそんなことができるのか？　もしユナちゃんとちょっとだけでもお茶とか飲めたら、もう死んでもいいんですけど」

ゼイタクなことを言うな、とジヒョンが肩をすくめた。

「そこまでの保証はできない。韓国の大統領は独裁者じゃないんだぞ。何でも可能だと思ったら大間違いだ」

「いつ行こうかな」耳を貸さずに陽平は鼻の頭を掻いた。「おれ、今回の件で転属が決まってさ。来月から念願の捜査一課勤務になったんだ。その前に行った方がいいか？」

勝手にしろ、と言いながらジヒョンが手を差し出した。握手、と囁く。陽平は両手でその手を握った。

「じゃあな、相棒」そのままハグした。「また会おうぜ」

うなずいたジヒョンが背中を向けた。出国カウンターに入って行く。いかにもジヒョンらしく、振り返ることはなかった。

5

陽平は五階の展望デッキへ向かった。ジヒョンが乗る便名はわかっている。最後まで見送るつもりだった。

出会ってから、七日間しか経っていない。一緒にいたのは三日に過ぎない。

腹の立つことばかりだった。虫が好かない女だと思ったのも本当だ。

だけど、悪い奴じゃない。それどころか、過去に出会った女性の中でもトップクラスのいい女だったかもしれない。

「婚約者か」つぶやきが漏れた。「売約済みなら仕方ないな」

諦めはいい方だ。他人の女を奪うわけにはいかない。だって、おれ、警察官だもの。

待機している大韓航空機を眺めながら、また来いよ、と心の中でつぶやいた。その時、ポケットのスマホが小さく震えた。ライン。

思った通り、ジヒョンからだった。送られてきたのは一枚の写真だ。とんでもない美人が映っていた。

〈イモウトのソニンだ〉ジヒョンからのメッセージが添えられていた。〈ヘンなことをカンガえたら、ぶっコロす〉

大変だ、と陽平はつぶやいた。前言撤回。恋しちゃうかもしれない。いや、もうしてるのかも。

〈お姉さんって呼ぶことになってもいいかな〉

しばらく待っていると、親指のスタンプがスマホに送られてきた。イエスという意味だ。

いい奴かもしれない、と陽平は空を仰（あお）いだ。

この作品は、二〇一六年九月にPHP研究所から刊行された『7デイズ——日韓特命捜査ファイル』を改題し、加筆、修正して文庫化したものです。

JASRAC 出 2001421-001

著者紹介
五十嵐貴久（いがらし　たかひさ）
1961年、東京都生まれ。成蹊大学文学部卒業後、出版社に入社。2001年、『リカ』で第2回ホラーサスペンス大賞を受賞し、翌年デビュー。2007年、『シャーロック・ホームズと賢者の石』で第30回日本シャーロック・ホームズ大賞受賞。
著書に、『1985年の奇跡』『交渉人』『安政五年の大脱走』『パパとムスメの7日間』『相棒』『年下の男の子』『ぼくたちのアリウープ』『ぼくたちは神様の名前を知らない』『スタンドアップ！』『SCS ストーカー犯罪対策室（上・下）』『リメンバー』などがある。警察小説、時代小説、青春小説、家族小説など幅広い作風で映像化も多数。

ＰＨＰ文芸文庫　７デイズ・ミッション
日韓特命捜査

2020年３月19日　第１版第１刷

著　者	五十嵐貴久
発行者	後藤淳一
発行所	株式会社ＰＨＰ研究所

東京本部　〒135-8137 江東区豊洲5-6-52
第三制作部文藝課　☎03-3520-9620（編集）
普及部　☎03-3520-9630（販売）
京都本部　〒601-8411 京都市南区西九条北ノ内町11

PHP INTERFACE　https://www.php.co.jp/

組　版	朝日メディアインターナショナル株式会社
印刷所	株式会社光邦
製本所	株式会社大進堂

ISBN978-4-569-76999-8

PHP文芸文庫

ぼくたちは神様の名前を知らない

五十嵐貴久　著

森で遭難した彼らに突きつけられたのは、まだ癒えない〝あの日〟の傷だった――。3・11を生き延びた子供たちの冒険と再生を綴った感動作。

PHP文芸文庫

ぼくたちのアリウープ

五十嵐貴久 著

バスケ部に入れないってどーいうこと⁉
高校バスケを舞台に、入部を巡り奮闘する
少年たちの青春を描いた笑い溢れる爽快スポーツ小説。

PHP文芸文庫

相棒

五十嵐貴久　著

大政奉還直前に起こった将軍暗殺未遂事件。探索を命じられたのは、坂本龍馬と土方歳三だった……。異色のエンタテインメント時代小説。

PHP文芸文庫

第6回京都本大賞受賞作品

異邦人（いりびと）

原田マハ 著

京都の移ろう四季を背景に、若き画家の才能をめぐる人々の「業」を描いた著者新境地のアート小説にして衝撃作。

PHP文芸文庫

あなたの不幸は蜜の味

イヤミス傑作選

宮部みゆき、辻村深月、小池真理子、沼田まほかる、新津きよみ、乃南アサ 著／細谷正充 編

いま旬の女性ミステリー作家による、「イヤミス」短編を集めたアンソロジー。見たくないと思いつつ、最後まで読まずにはいられません。

PHP文芸文庫

あなたに謎と幸福を

ハートフル・ミステリー傑作選

宮部みゆき、近藤史恵、加納朋子、矢崎存美、大崎 梢 著／細谷正充 編

いま人気の女性ミステリー作家によるハート・ウォーミングな短編を集めたアンソロジー。殺人がない、読後感がよい極上の作品が勢揃い。